こんな日は
喫茶ドードーで雨宿り。

標野凪

双葉文庫

目次

こんな日は喫茶ドードーで雨宿り。

プロローグ

駅から続く坂を上り切り、横道を入ったところに、その店の看板は出ています。看板の先に続く路地を抜けると、こぢんまりした庭のある小屋があらわれます。

そこが「喫茶ドードー」です。

楡《にれ》や楓《かえで》といった樹木に囲まれ、さながら森のようなその庭で、木々が風に吹かれ、音を立てています。それはさざなみのように大きくなったり小さくなったりし、時折、臆病なイタチの尻尾のようにふるふると小刻みに枝を揺らすのです。

頬を撫《な》でる風は生ぬるく湿っていて、どうやらこれが春一番と呼ばれるものらしい、と気づくのに、そう時間がかかりはしないでしょう。

第一話

君が正解のオムレツ

指を折っていけば三十年も前のことになる。幼稚園児だった頃だ。

米沢夏帆《よねざわかほ》が通っていた園は、自宅から園児の足で二十分ほどのところにあった。「すぐ近く」と言っても構わない距離だろう。送迎バスなどに乗る必要はなく、園の教員が持ち回りで担当し、地区で分類された班の園児をまとめて引率していた。

一班十名に満たない園児たちは、年少と呼ばれる三歳児から五歳を迎えた年長までが含まれ、整列するのも一苦労といった風に、互いにちょっかいを出し合い、歌をうたい、各々《おのおの》が自由にはしゃぎながら登園した。

もとより夏帆にはっきりした当時の記憶があるわけではない。大人になってから目にした小学校にあがる前の子どもたちが登園する姿に、勝手に自らを置きかえているだけなのかもしれない。

ただ、幼稚園に通うときの浮き立つような気持ちだけは、間違いなく、今でも明確に思い出すことができる。

夏帆には三歳上に姉がひとりいる。姉のすることなすこと、どれもが羨ましかった。水色のワンピースの園服をまとい、紺色のリボンのついた麦藁《むぎわら》帽子を被って颯爽《さっそう》と登園する姿にどれだけ憧れたか。ひとっとびに年を重ねたい、と、いまならとても思わないであろうことを、心の底から望んでいた。

「早く幼稚園に行けますように」

ベッドの中で毎日そう呟いて眠りに落ちた。

夢にまで見た幼稚園では、楽器を演奏したり、園庭の遊具をくぐったり、意味もわからないなりに英語の歌を教わったりもしたが、一番好きだったのは工作の時間だった。模造紙を切って、季節の行事にちなんだ飾りを作ったり、空き瓶に紙粘土を貼りつけて花瓶をこしらえたりした。あらかじめ教員や保護者が描いてくれた絵を切り抜いて、立体にして教室に並べたりもした。

夏帆は、そうした作業がもれなく得意で、いつもクラスの中で一番早くに完成した。他の子がもたもたとハサミの扱いに苦心しているのを尻目に、「先生、出来たよ」と、自慢げに披露したものだった。

道具に使い慣れているのは、姉の真似事で、幼稚園に入る前から家で同じようなことをしていたからだ。予習済みの夏帆は、手際がよかったのだ。

ある日、夏帆のクラスを担当していた教諭が、母親に笑ってこんなことを伝えていた。保護者参観かなにかのときだ。

「夏帆ちゃんはね、いつも工作で一番に出来上がるんですよ。でもちょっとお糊が剝《は》がれちゃっていたり、ハサミの切り込みがずれていたりするんです。せっかちさんね」

それは親との軽い雑談であって、別に注意を喚起したわけではないのだろう。でも、夏帆はその言葉がいまでも頭に残っている。

おそらく、夏帆が横目で見て笑っていたクラスメイトは、作業こそ遅かったけれど、下書き線のとおりにきっちりと切り、角をちゃんと貼り合わせ、美しく作品を仕上げていたに違いない。今ごろ彼らは、派手さはなくとも丁寧な仕事をしているのだろうか。

夏帆は、いまも何か小さなミスをするたびに思う。あ、またお糊が剝がれていた、と。

先頭でゴールテープを切ったつもりが、フライングで失格になった気分になる。もしくは、規定のコースを走らなかったために、その位置から改めて走らされたような。とぼとぼと戻って、情けなく。

夏帆が勤めている会社は、東京の下町と呼ばれる地区にあり、主に家電の取扱説明書の作成を請け負っている全社員三十名弱の中小企業だ。

古い時代の名残があるこの社でも、さすがにコロナ禍でテレワークやオンライン会議が導入された。それでもいまだに出社を好む社員は、五十代以上の管理職に多く、彼らのために出社せざるを得ないこともある。

久田絵里奈《ひさだえりな》が、お弁当の青菜の胡麻和《ごまあ》えを口に入れ、いったん外したマスクを改めて着け直してから、呆れた口調で言う。絵里奈は夏帆より五歳上の会社の先輩だ。

「まったくさ、おじさんたちの頭のOSはどうして更新されないんだろうね。CPUが古過ぎて書き換えられないのかしら」

二人でもう何度もそんなことを話しているせいで、諦めが可笑しみにすら変わる。

「なんなんでしょうね、あの昭和頭」

そう言う夏帆も実はギリギリ昭和生まれではある。

「夏帆ちゃんも、今日は専務の来客のためにわざわざ出社したんでしょ」

理系の大学院を出た技術職の絵里奈と違い、夏帆は事務職だ。事務全般を任されると同時に、取締役の秘書的な仕事もさせられている。

「それでもお茶出しもなくなって、ずいぶん楽になりましたよ」

来客にお茶を出すのも夏帆の仕事だ。来客用の茶器に煎茶を注ぐ。茶托《ちゃたく》に手を添えて来客に差し出すのがマナーだと、入社時の研修で学んだ。

しかしここ数年は、双方の安心のために、ペットボトルのお茶を未開封のまま一本ずつ、応接室の机に置いておくだけでいい、となった。これまでは、客がソファに座ったタイミングを見計らって出すように、と指導されていたが、接触機会を減らすため、事前に用意することが推奨された。

「よかったじゃない。お茶出しなんて時代錯誤。しかもそれが女性社員の仕事だなんて、ジェンダー的にもありえないって」

　絵里奈が鼻息荒く言う。

「ホントですよ。飲みたかったら自分でいれて、ってこれまで何度も言いそうになりましたもん」

　どれだけ無駄が多かったか、と思い知る。大変な日々ではあったけれど、大きな変化に繋がったことは、パンデミックを経験したおかげだ。

「それにしても、夏帆ちゃん入社何年目になる？　いつまでも最若手ってのも気の毒すぎ」

「次の春で十二年ですね」

「十二年かあ。今年も新卒採らないもんね」

　絵里奈が遠い目をする。

　夏帆が新卒で入って以降、この会社に新人は入ってきていない。そう、十二年。夏帆はずっとお茶を出しているのだ。もう三十半ばになるというのに、未だに下っ端なのだ。

　休憩室のノックに返事をすると、「ああ、米沢さんここにいたんだ」と一期上の男性社員の畠中《はたなか》が顔を出した。彼も院卒だから、夏帆より年齢は三歳上になる。

「来客ですか？」

　お茶のペットボトルなら冷蔵庫にあるのだから、それを出すだけでいいのに、わざわざ夏帆に依頼してくる。ため息を漏らすと、畠中が首を横に振る。

「次長の送別会の件。そろそろ日程決めたほうがいいんじゃないかって」

次長は早期退職制度を使って、来月付けで退職する。

「え、飲み会はマズいんじゃないですか」

この二年、社員同士の大人数での飲食は禁止されていたはずだ。

「うん、だから有志だけで五、六人でどうかって話なんだ。お店の予約も早いほうが融通が利くだろうし」

畠中が自信ありげに言う。人数が少なければ、コロナに罹《かか》らないのか。それよりも、お酒が入ると途端に騒ぎ出す次長の行動のほうがよっぽど不安なのだが。

「私は行かなくてもいいですか？」

「米沢さんは慎重派だもんね」

と、軽々しく言われたのが不憫《ふびん》だったのか、「私も不参加」と絵里奈が、すかさず同意してくれた。

「久田さんは、いつものくせに。付き合い悪いんだから」

畠中が冗談めいて茶化す。

「わざわざ送別で飲み会とかいらないでしょ」

「まあまあ。次長はそういうの喜ぶんだから、許してやってくださいよ」

飲みニケーション、などという口にしただけでも恥ずかしくなるようなフレーズを用いながら、畠中が害のない笑顔を見せる。

「もちろん二人とも無理に参加する必要はないですから。でも店決めと予約だけは米沢さん、よろしくね」

　理解を示すような態度を取りつつ、そう言い残してドアをパタリと閉める。

「新人ですので」

夏帆が大袈裟《おおげさ》に渋い顔を作って見せると、絵里奈が呆れたように肩を竦《すく》めた。

＊

「じゃがいも二個に玉ねぎ一個か……」

間もなく夕方を迎える時間ですが、まだ照明を点ける必要がないくらいに明るいです。すっかり日が長くなりました。お日様が伸び縮みするわけではないのに、「日が長く」だなんて、変な表現ですね。おやおや、そんな細かな言い回しが気になるようになったのは、この人の近くにずっといたせいでしょうか。

　背が高くて、もじゃもじゃ頭の男性、古い一軒家でこの「喫茶ドードー」を開いている店主のことです。

本人はそろり、と名乗っておりますが、本名はもっと平凡なようです。昔、といっても、もちろん私が絶滅したあとのことですが、いまから百七十年くらい前に書かれた『森の生活』という本があります。森での暮らしを記録したその本の著者、ソローの名前に因んだと、以前本人が語っていました。

私は、そろりやお客さんがほどよく幸せに過ごせますようにと、そんなことを願いながら、見守っているのです。ああ、ご挨拶が遅れました。私は、このキッチンの柱にかかっている小さな額に入ったドードー鳥のイラストです。「喫茶ドードー」のアイコン的存在だと自負しています。

さて、そのそろりが、さっきから新聞の切り抜きを見ながらメモを取っています。今宵のメニューのために材料を買い出しに行くようです。レシピを途中まで読み上げて、驚いたように目を丸くしました。

「え、卵八個も?」

間違っていないかとでもいうように、もう一度切り抜きに目を近づけます。

「とりあえず今日は半量で作ってみるか」

卵の個数に怯んだようです。さっきのメモ用紙に消しゴムを走らせ、じゃがいも二個を一個に、玉ねぎ一個を半個、と書き直しています。さて何ができるか楽しみです。

「卵か」

呟いたと同時に急に私のほうを見るので驚きました。

「ドードーの卵は、人間が連れてきた動物たちに食べられちゃったんだよな」

その通りです。天敵もなくのんびり暮らしていた私たちドードーは、あとからやってきた人間たちのせいで絶滅してしまったのです。

「申し訳ないことをしたもんだ」

全くです。

でも、私たちドードーが穏やかに暮らせるような、そんなのん気な日常は、きっと近くにあるはず。私はそう信じているのです。

＊

ランチ後のハミガキと化粧直しを終えて席に戻ると、スマートフォンにメッセージが届いた。さっきまで昼休みをともに過ごしていた絵里奈からだ。

技術班の絵里奈は、夏帆の直属の上司ではない。けれども女性社員が全社員の三割程度と少ないせいもあり、頼れる先輩だ。なにかにつけて気にかけてくれる。

スマホのメッセージアプリを開く。

〈帰りに軽くご飯どう?〉

今日は水曜だ。勤務体制がさまざまに変化したいまとなっては、もはや意味を成してはいないけれど、一応水曜はノー残業デーだ。いつも忙しい絵里奈も定時で切り上げられるのだろう。

〈いいですね、ぜひ〉

返信を送りながら、こうして退社後に出かけるのはいつ以来だろうか、と夏帆は考えていた。

新型コロナウイルスは、人々の考え方に分断を生んだ、とも聞く。

最初の頃こそ、未知のウイルスに対抗すべく、みなが同じ方向に進んでいたが、コロナ禍が長引くに従って、道はさまざまに枝分かれしていった。

海外の事例をもとに、マスクは必要ない、と主張する人や、感染するしないは行動ではなく体質によるのだ、と論ずる人もいる。飲食店やイベントでの制限は無意味だと、早急にかつての生活に戻ろうとする人も増えてきた。

さっき畠中にも言われたが、夏帆はどちらかといえば慎重派の部類だと思う。外出するときは屋外でもマスクを外すことはないし、何かに触れたあとには、必ずアルコールで手指の消毒をする。以前はポーチにリップとマスカラが入っていないと不安だったが、いまではリップの代わりにポータブルな消毒スプレーを常備している。

外食はもちろん、人が多く集まりそうなデパートや展覧会に行くのも自粛してきた。

そんな夏帆でも、最近は少しずつ出歩く機会が増えてきた。感染状況が落ち着いてきたこともあるが、コロナとの付き合いも長くなり、だんだん気をつけるポイントが見えてきたおかげでもある。

テレワーク主体とはいえ、今日のような上司の都合のみならず、雑務のために出社することも多くなった。ただ、週末はプライベートに充てる多くの社員と違い、夏帆は土日を出社日に選ぶことが多い。在宅やリモートワークの勤務体制が整ってきた一昨年の秋から、土日の出勤でも休日手当はつかなくなったが、社内に人が少ないほうが仕事が捗《はかど》るし、混み合った通勤電車に揺られる心配もない。おのずと絵里奈と出社日が揃うこと自体が珍しくなった。

絵里奈とはコロナ禍になるまでは、わりと頻繁《ひんぱん》に食事に行っていた。久しぶりにゆっくり話すのもいいな、と思えたのは、仕事が順調に進んでいた余裕からだろう。来た仕事は先延ばしにすることなく素早く着手する。効率よく手際よく、そうやってこなしていけば、業務が山積みになるなんてことはない。タイムパフォーマンスは大事だ。

きちんと片付いた書類の束を見て、夏帆はなんとか時間内にやりとげられた、と息をつく。

定時きっかりにデスクを片付け、ロッカーに向かう。取締役の秘書も兼ねた事務職の夏帆は、勤務中は紺のブレザースーツの制服を着ている。ホワイトに近い淡いベージュのパンツスーツに着替えて絵里奈の席に行くと、時計は十七時十分を指していた。

技術班の絵里奈の席は資料や書類に囲まれていた。

「お疲れさまです。もう出られますよ」

資料の山から顔を覗かせて声をかける。絵里奈もそそくさとパソコンの電源を落とし、「お先です」と、誰にともなく声をかけて席を立った。

「どこにする？」

連れ立って会社を出る。解放感に浸っているのか、絵里奈がうーん、と伸びをした。

「駅の向こうのお店も、しばらく行ってないですからね」

「じゃあ、坂の上のほう、行ってみようか」

絵里奈が先導して歩く。

飲食店の数はこの数年で一気に減った。ただ、閉まった店のあとに、最近では少しずつ新しい店が入り始めているようで、坂道になっている大通りも、ずいぶんと様変わりしていた。

古めかしい店構えのトンカツ店があった場所には、チェーンのラーメン店が入居し、気軽にグラスワインが楽しめたカジュアルなバーは、ドラッグストアに変わっていた。

「あれ？　沖縄料理の店、なくなっちゃったんですね」

「ホントだ。ソーキそば美味《おい》しかったのにね」

ランチに何度か訪れた店は、テイクアウトのコーヒーショップになり、若い男女が列を作っていた。

「こういう店がいまは流行《はや》るんだね」

絵里奈が釈然としない表情で言う。

「テイクアウト専門店みたいですね」

巣籠《すご》もり需要、宅飲み、テイクアウトにお取り寄せ……。スマホを開けば、そんな言葉が溢れている。夏帆はシンプルでお洒落《しやれ》な店頭にさっと目をやる。看板にはオーガニックの豆を使っていると謳われていた。

「でもさ、コンビニのコーヒーでも十分美味しいじゃない。こだわりの豆を丁寧にハンドドリップしてもらったとしても、紙コップ一杯のコーヒーが七百円とか言われちゃうとねえ」

看板に書かれていた値段に自然と小声になる。

「日常のちょっとした贅沢《ぜいたく》ってやつですよ」

「ちょっとお洒落で、地球に優しいイメージなのがウケるんだろうね。肩の力を抜いたかのようなフレーズが、かえって息苦しく感じられちゃうんだよね」

いつもパワフルな絵里奈が、珍しく疲れた表情を見せた。

大通りを一本横に逸れると、空気が急に澄んだように感じた。さっきまでの喧騒やギラギラする照明が遥か遠くのもののようだ。人心地ついて歩いていくと、足元に小さな看板が出ていた。路地に続く道に向けて矢印が書かれている。

「この奥にもお店があるんですね」

夏帆が看板を読む。「喫茶ドードー」という店名の下には〈おひとりさま専用カフェ〉と書き添えられている。

「へえ、おひとりさま専用なんて珍しいね。このご時世だから？」

絵里奈も看板に目をやって言った。客同士の距離に換気、来店人数や滞在時間の制限など、飲食店はコロナ禍の早い段階から対応を迫られていた。感染者数の増減によって右往左往している店主たちの姿を、ネットニュースでも幾度も目にした。

この店も客との接触機会の削減のために一人のみでの利用を決めたのかもしれない。

看板に書かれたメニュー名を夏帆が読み上げる。定番のドリンクにサンドイッチ、質素な看板のわりに、意外としっかりしたものも出してくれるようだ。それに本日の限定なんてメニューもある。

「四個の卵で作ったオムレツだって。美味しそう」

夏帆が夢中になっていると、絵里奈が急かすように言った。

「でもおひとりさま専用じゃあ二人では入れてもらえないね」

隠れ家カフェもよさそうだったけれど、こればかりは仕方ない。足早に歩く絵里奈に付いていくと、道路を挟んだ先に、軽やかなネオンの灯った中華料理の店があった。

「こだわりの紹興酒《しょうこうしゅ》、いいですね」

夏帆はお酒は強いほうではないが、美味しいお酒をちびちび味わうのは好きだ。店頭の謳い文句にマスクの下の口元が緩む。

清潔感のある中華料理店の店内は、カウンター以外は四人掛けのテーブルがふたつ。まだオープン間もないらしく、「祝開店」の札が挿された観葉植物の鉢が二、三個床に置かれていた。

アクリル板を挟んでカウンターに並んで座る。それぞれに渡されたメニューを見ながら、「紹興酒いろいろありますね」と、夏帆が話しかけると、絵里奈が曖昧《あいまい》に微笑んだ。心ここにあらずの表情になんとなく嫌な予感がした。

「私は今日はソフトドリンクにしておこうかな」

「珍しいじゃないですか」

つい口を衝《つ》いて出てしまった。酒好きの絵里奈がそんな選択をするのは稀だからだ。

「明日、朝からオンラインで打ち合わせが入っているんだよね。寝坊してもマズいし」

さらりと躱《かわ》すが、ゆっくり飲めないのにわざわざ誘ったのには意味があるのだろうか。不安が募《つの》っていく。

アラカルトメニューを三品ほど注文すると、店主があらかじめ二人にシェアして提供してくれた。小皿に盛られた中華料理が並んでいると、それぞれが定食を頼んだような絵面になった。グラスを合わせずに、片手を持ち上げる仕草だけして、乾杯をした。

「こうやってご飯に来るの久しぶりだね」

絵里奈のいつも通りの張りのある声に、夏帆は自分の思い過ごしだったのだろう、とホッとしながら答える。

「そもそも外食自体が何年ぶりか、ですよ」

「よっぽど気をつけていたんだね」

感心されてしまうが、旅行に出かけたり、人混みも大して気にせず暮らしていたりする人たちを見ると、自分でも臆病すぎるのでは、と訝《いぶか》しむこともある。

ただ、夏帆は無駄なことが嫌いなだけだ。感染対策に気を配りながらの旅やイベントなど、想像するだけで面倒だ。ましてやその結果、感染でもしようものなら周りにも迷惑をかけるし、仕事も溜まってしまう。だったら最初から行かない、という選択をする。

あえての冒険はせずに、来る仕事を淡々と手早くこなしていく。そのルーティンが夏帆には合っているのだ。

カウンターの片隅に立て掛けられたボードには、本日のおすすめメニューが書かれている。胡麻団子や杏仁豆腐の文字に惹かれ、デザートのオーダーを相談しようと、隣に顔を向ける。

すると、絵里奈が顔を強張らせて切り出した。

「実はね、話したいことがあって」

「なんですか？　改まって」

夏帆の不安が当たってしまった。二度ほど自分に言い聞かせるように頷いた絵里奈が、ぽつりと呟く。

「うん、結婚することになったんだ」

「ええ！」

勝手に悪い想像をしていただけに、驚きよりも嬉しさが優った。

「前におっしゃっていた遠恋の彼ですよね」

九州にいるという相手の方の話は何度か聞いていた。

「そう、九州男児」

男気の強さが魅力でもある一方、頑なすぎる性格を愚痴っぽく話していたのが印象的だけれど、それも夏帆には惚気《のろけ》に聞こえていた。

「いいなあ」と心底羨ましく思って、「おめでとうございます」と伝える。

結婚だけが全てではないし、この年まで一人暮らしに慣れてしまうと、彼氏や夫がいる生活を想像するだけで煩《わずら》わしい。それでも互いが一緒にいることでより自分らしくいられるのなら、それは素晴らしい。

「決め手は何だったんですか?」

芸能レポーター風に質問すると、絵里奈が照れくさそうに首を傾げた。

「うーん、私たちって全然違うんだよね。よく笑いのツボが同じだと相性がいい、とかって聞くでしょ」

「ええ。同じ映画を見て、同じシーンに感動するとか、ですよね」

「そうそれ。わっ同じ、ってなるとそりゃあ盛り上がるだろうなあって」

絵里奈が可笑しそうにフッと息を漏らす。

「違うんですか?」

「うん。全然。例えば映画の例で言えば、私が全く気づきもしなかったシーンをやたら誉《ほ》めて力説するんだよね」

最初のうちは、変わっている人だなあ、と思うくらいだったそうだ。それが付き合っていくうちに変化していったという。

「自分の知らないところに連れていってくれる感じがしたんだよね。世界が広がるように思えて、この人と暮らしたらきっと面白いだろうなあって」

そう言ってから、ほら、私はもともと研究者気質だから、発見があるほうが楽しいんだよね、と照れ隠しのように付け加えた。

それは相手の方も同じだったようで、「そんな考えもあったのか」と、絵里奈の意見や感想に、驚いたり楽しんだりしてくれるそうだ。

「互いの違いを認めて、よりいい方向へと導けるような人生だといいな、なんて思うんだよね」

一人では持ちえなかった選択肢が増え、もっといい結論が出せる。高め合って認め合っていく大人の関係だ。

「素敵ですね」

夏帆はしみじみする。

「ありがとう」

お酒も飲んでいないのに、絵里奈の頬がほんのり色づいていた。

「でも、お住まいはどうなるんですか？」

「うん。だから入籍後は九州住み」

「そうなりますよね」

思わず口を尖らせたが、おめでたいことに水を差してはならない。物わかりよく頷く。

「一応会社は春で退職。でもフリー契約の立場でいまの仕事は続けさせてもらえるんだ」

絵里奈がいなくなってしまっては、会社としても痛手だ。テレワークの進歩に感謝する。入籍と引っ越しは初夏の頃に予定しているそうで、当分は行ったり来たりの生活だという。

「よかった」

強張っていた肩の力が抜けた。本音が出てしまい、絵里奈に笑われた。

「でも、相手の方がこっちに引っ越すとか、別居婚とかは考えなかったんですか?」

「実は向こうからは、そういう打診もあったんだよね。あっちの仕事はそれこそ場所を問わないから」

ゲームアプリの開発に携わっている方だそうだ。パソコンとネット環境さえ整っていれば、たとえ空の上でも仕事ができるという。

「だったら」

思わず声が大きくなってしまった。

「ただね、私も都内の煌《きら》びやかさにちょっと疲れてきてね。地方でのんびり暮らすのもいいなあって」

都会から移住したり、田舎にも家を持つ二拠点での暮らしなどに移行する人も増えたと聞く。

「それに私も四十に近いからね。悠長に構えていられる年齢じゃないでしょ。わりと焦っているんだ。だから」

絵里奈は烏龍茶の入ったグラスを持ち上げた。どうやら妊活を視野に入れているようだ。

「絵里奈さん、結婚して子どもが出来ても仕事は続けるっておっしゃっていましたもんね」

夏帆は「お糊が剝がれている」と指摘された幼稚園児だった頃を思い起こす。母は専業主婦で、子どもの面倒を見る時間は潤沢にあった。夏帆も姉も保育園ではなく、幼稚園に通っていた。

そのせいで、保育園と幼稚園には管轄と仕組みの違いがあることを知ったのは、社会人になってからのことだ。

いまとなっては、ゼロ歳児でいかにして認可保育園に入れるかが、働く女性にとっての死活問題といえるほどに重要だとは当然の常識として認識している。夏帆はまだ結婚もしていないのに、「待機児童ゼロ」なんて言葉に敏感になる。

「結婚しても変わらず働き続けたい」

絵里奈も、ランチのたびに話題にしていた。もし子どもが生まれれば、それこそゼロ歳児から保育園に預け、一年間の育休を待たずに復帰するのだと意気込んでいた。

女性の生きかたや働きかたは、夏帆が子どもだった頃とは大きく変わった。

そしてまたこの二年でガラリと世界は変わった。

「仕事しながら子育てなんて言っても、理想論だって思っていたけど、今なら可能な気がしてきたんだよね。だからえいやって決めたんだ」

結婚にはタイミングや思い切りも大事なようだ。

「今はどこでも働けますもんね」

そうは言ったけれど、絵里奈が会社を離れることに変わりはない。

「でも寂しくなります」

夏帆は素直にシュンとする。

「会社にはちょくちょく顔出すことになると思うよ」

昭和おやじたちに、なんだかんだで呼ばれると思うから、と絵里奈は笑い、

「落ち着いたら九州にも遊びに来て」

と言ってくれる。

気兼ねなく往来できるのは、もう間も無くだろうか。この数年、そう思ったかと思うと感染の波が高まるという繰り返しだった。

「それにしても世界はどうなっちゃうんだろうね」

不安なのは身のまわりのことだけではない。

「先が見えないですよね」

夏帆が肩を落とした。

＊

さて、「喫茶ドードー」のキッチンでは、調理が始まりました。そろりが皮ごと茹《ゆ》でたじゃがいもを賽《さい》の目に切っています。

「あちっ」

そろりは大きな声をあげて、盛大に湯気が上がっているじゃがいもからあわてて手を離します。

一呼吸置いたかと思うと、棚からフライパンを取り出しました。手のひらを思いっきり開いたくらいの小ぶりのサイズです。鉄製なのでしょうか、黒々として、わりと重そうです。もしかしたら前にお客さんから「もう使わないから」と譲り受けたものかもしれません。

ここでおもむろに卵を四つ取り出し、一個ずつボウルに割り入れました。菜箸で溶き混ぜると、さっき切ったじゃがいもや玉ねぎ、ベーコンなんかを加え入れています。最後にパサッと摑み入れたのは、細切りのチーズのようです。

そろりは一つ大きく息を吐いて、火にかけたフライパンにゆっくりとボウルの中身を流し込みました。

しかし、「どうかな」と言ったきり、腕を組んでしまいました。

「うーん、なんか違うぞ」

具がたっぷり入ったオムレツはそれなりに美味しそうではありますが、そろりは満足ではなさそうです。

「まあ、味としては問題ないか」

今宵のところは、これでヨシとしたようです。

*

次長の送別会に、幹事が欠席するわけにもいかず、渋々ながら夏帆も参加した。絵里奈との合同送別会も視野にはあったけれど、本人が改まった席を嫌ったために諦めた。ダイニングレストランのオープンエアの席を予約し、きっちり二時間で終わらせるようにと畠中にも釘を刺しておいた。

「久田さんの結婚相手ってどんな人だろうね」

その場にいない人はどうしてもネタにされる。

「お洒落な感じの人でしたよ」

夏帆の言葉に、早くも赤ら顔の次長が食いつく。

「え、会ったことあるの？」

「画像ですよ」

前にスマホの写真を見せてもらったことがあるのだ。爽やかで溌剌とした笑顔が眩しい男性だった。

「九州男児なんでしょ。久田さんみたいに気の強い女性で大丈夫なのかなあ」

次長が失礼なことを言うのが腹立たしい。

「そういえば、今度来る榊《さかき》さんも九州出身ですよ。確か福岡だったかな」

畠中が、から揚げに手を伸ばす。久しぶりに新しい女性社員が入るのが待ち遠しいのか、やたらと詳しい。

増員の話は聞いていた。絵里奈の退職による人事異動だが、仕事そのものはフリー契約で絵里奈が担当するので変わらない。ただし、全社員数の欠員の補充とし、関西の関係先から出向という形で一名増員されるらしい。万年人員不足だった夏帆のいる部署に配属が決まったと畠中から報告を受けていた。

「米沢ちゃんもよかったじゃない。いよいよ下っ端脱出で」

次長が夏帆に慣れ慣れしく声をかけてくる。脱出なのだろうか。

この件に於《お》いて情報通を気取っている畠中によれば、彼女の年齢は二十八だそうだ。自分より年下なのは確かだが、出向元によっては立場的には向こうが上になるのではないか、と考えていると、次長が悪気もなく言う。

「博多《はかた》美人かあ」

もはやセクハラの域だ。こいつらのせいで、この国が一歩も前進しないのだ。憤りが顔に出ていたのかもしれない。

「次長、そういうの駄目ですよ」

畠中が窘《たしな》めてくれたのはありがたかった。辛うじて理解のある同僚がいてくれたことに胸を撫で下ろす。夏帆は心の中で上げた拳を、そっと下ろした。


正式な辞令は四月一日からだが、まずは挨拶に、と榊はづきが会社を訪れたその日は、春先特有の激しい風が吹いていた。

淡いピンクとパープルでボタニカル柄が描かれたワンピースのウエスト部分には、幅広の白いゴムベルトがキュッと巻かれていて、細身のスタイルをより際立たせていた。レーヨンか何かの薄い素材の裾《すそ》が、歩くたびに舞うように揺れた。

「お世話になります。先週地元に帰っていたので、これ、みなさんで」

と、クリーム色の紙に包まれた手土産が部長に渡される。

「あ、通りもん！　これ美味いんだよね」

覗き込むように顔を寄せた畠中が声を上げる。お気に入りの菓子を貰って嬉しいだけではない。はづきが会社に来た喜びが、言葉の端々から伝わってきた。

「ご存じですか？」

はづきの見開かれた目に窓からの光が届いて、星のように瞬いた。

「俺の悪友が博多出身でさ、たまにお土産に貰うんだよ。榊さんって手土産センスあるねえ」

畠中の口調が普段よりもフランクなのがさっきから気になっていた。社内ではましなほうだと思っていたけれど、この人も所詮「昭和おやじ」なのだと、夏帆は途端に嫌気がさす。

二人の会話は楽しげに続く。

「なるほどですねー」

はづきが真面目に頷くと、

「それ、博多弁」

畠中が人差し指を立てて、愉快そうに指摘した。

「え？　何がですか？」

星のように瞬いていた瞳に、すっと影がさす。表情がくるくると変わる。まるで安定しない春の天気のようだ、と夏帆は観察する。

「博多の人って、やたらと語尾に『ですね』、って付けるんだよね。それ、微妙に違っているから」

　知らずに共通語だと思い込んでずっと使っていた、と頭に手を置くはづきに、畠中が目を細めた。

「ほら、あれ言ってみてよ。何してるの？　って博多弁」

　一瞬小首を傾げたはづきだが、要領を得たのか、

「なんしようとー」

　と語尾を伸ばした。

「かわいかー」

　畠中がはづきの口調を真似て言うと、部内に笑い声が響いた。その瞬間、社内に漂っていた空気から塵《ちり》のようなものがいっぺんに消えたように感じた。行き場をなくした塵は、夏帆の胸の奥にすっと入り込んで、小山のように積もった。

「米沢さん、ほらこっちこっち」

　その光景をぼんやりと眺めていた夏帆を、畠中が手招きした。

「彼女がわが社の事務を牛耳っている米沢さん」

　と、はづきに紹介するのを、やめてくださいよ、と制し、「米沢です」と会釈した。

「よろしくお願いします。私、東京ははじめてなので不安で」

　はづきが眉を八の字にする。関西の大学を出て、そのままいまの会社に就職したのだと

説明された。

「あれ、住む場所まだだっけ？」

会議室に案内しながら、畠中がちらちらと後ろを振り向いて尋ねる。

「一応、ネットで物件は当たっているんですけど」

契約や引っ越しの手配を考えれば、早いに越したことはない。卒業入学や異動による引っ越しシーズンのピークも近づいている。

「じゃあ、米沢さんに聞くといいよ。彼女、一人暮らし長いから」

大学入学と同時に親元を離れた。気づけば実家で暮らしていた期間と東京で一人暮らしをしている期間がほとんど変わらなくなった。だからといって他人の暮らしにアドバイスができるわけではない。夏帆が返答に困っていると、はづきが夏帆の正面に体を向け、大きな目を見開いた。

「そうなんですね。ええとお名前伺ってもいいですか？」

何度か名乗ったはずだが、頭に入っていないのだろうか。

「え？　米沢ですが」

「いいえ、下のお名前教えていただけますか？」

「米沢……夏帆です」

名乗る必要があるだろうか。

「かほさん。どんな漢字ですか？」

「夏に帆掛船の帆、です」

「ほかけ？」

何か可笑しなことを言っただろうか。はづきが口をぽかりと開けて首を傾げた。

「ほら、こうして縦棒を書いて」

畠中が宙に巾の文字を書く。

「その横に平凡の凡だよ」

平凡。間違ってはいない。でももうちょっと言い方がありはしないか。

「あ、吉岡里帆《よしおかりほ》の帆、ですね。素敵ですね」

俳優の名前を言って、両手のひらを顔の下で合わせる。

「ありがとう」

誉められたのは名付けた両親がなのか、あるいは吉岡里帆さんがだろうか。

「夏帆さんはどこに住んでいらっしゃるんですか？」

びくりとしたのは、初対面の相手にファーストネームで呼ばれたのがはじめてだからだ。ここは海外か、と小っ恥ずかしさに顔が赤らみつつ、住んでいる中央線沿線の駅名を伝える。

「知ってます、知ってます。そこ、ネット検索したらお洒落な街って書いてありましたもん」

興奮気味なのが、かえってわざとらしい。そして、

「なるほどですね」

はづきはさっきも使った博多弁を口にした。

「あ、いけないい。つい慣れで」

右手を口元のマスク近くに持っていくはづきを、畠中が愛おしそうに見ながら、会議室のドアを開けた。

はづきを上座に、向かいに畠中と夏帆が座る。畠中がノートパソコンを起動して、画面上で書類を開く。

「榊さんにはまずは経費の精算を手伝って欲しいんだよね」

セルの入力画面を説明しながら、畠中がパソコンをはづきに向けると、身を乗り出しながら顔をくっと寄せた。

「そっち側行ってもいいですか？　私、目が悪くて」

席を立ったかと思うと、すっと歩み寄ってきて、畠中の隣の椅子を引いた。畠中が用心深く体を離すのも気にせず、はづきが画面を覗き込む。前の職場とシステムが違うのか、顎に手を置いて眉を曇らせた。

「そうだ、ちょっと待ってて。システムを立ち上げた前任者が作ったマニュアルがあった

と思うから」

そう言い残して、畠中が席を立つ。

会議室に、夏帆とはづきが残された。

「すぐに全部覚える必要はないから。私も補助に入れるし」

静寂から逃げるように夏帆が言葉を口にする。

「夏帆さん、優しいですー」

はづきが夏帆の顔を真正面から捉《とら》えた。きっちりと引いたアイラインが、目尻のあたりで消えるように下がり、下瞼の目尻側のラインとつながっている。ビューラーで上向きになった睫毛には、丁寧にマスカラが施され、扇形に整えられていた。

はづきがぱちぱちと瞬きするのを見ながら、夏帆は自分のアイメイクが撚《よ》れていないか、今更ながら気になっていた。すると、はづきがふと相好を崩し、人差し指を淡いピンク色のマスクの前に持っていく。

「あの、これ会社にはナイショですけど。夏帆さんなら信用おけるので話しちゃいますね。実は一緒に暮らす彼がいるんです。たまたま彼も同時期にこっちに転勤になって」

「へえ」

ここは「なるほどですね」だったか、と思える程度の余裕は夏帆にはある。

「夏帆さんの住んでいるあたりも憧れるんですけど、単身者向けが多いですよね」

「まあ、そうかもね」

ファミリー向けのマンションは基本的には分譲だ。賃貸だとしてもそれなりの家賃になる。

「だから、ちょっと通勤には時間がかかっちゃうんですけど、どう思います？」

と、地下鉄沿線の地名を挙げた。さっきはあんなことを言っていたくせに、もうほとんど目星をつけているのだ。

「交通の便もいいし、大きなショッピングモールもあるから、暮らしやすいんじゃない」

「よかったー。夏帆さんにそう言ってもらえて安心しました」

それが本心だと受け取れる脳天気さがあったら、もう少し生きやすいのだろうか、とまで考える自分に呆れる。

＊

実務は実際の配属後だ。この日はあくまでオリエンテーションだから、と畠中が気さくに笑いかけ、先を歩く。しばらくしたところではづきが立ち止まった。

「あの、久田絵里奈さんって今日はいらしてますか？」

はづきは絵里奈の退社にともなう増員要員になる。挨拶でもしたいのだろうか。

「どうかなあ。有休も溜まっていたからなあ」

興味のなさそうな畠中に、夏帆はムッとしながら伝える。

「さっきブースで作業されていましたよ」

絵里奈は仕事に集中したくなると、ブースに籠もるのを夏帆は知っている。自分の席のほうが、機材や資料が揃っていて作業はしやすいけれど、誰にも邪魔されずに仕事に専念できるから、時間を争うような急ぎの案件になると、絵里奈は逃げ込むようにこの場所に入るのだ、と以前聞いていた。

周りを囲っているパーティションのおかげで、背伸びして覗かない限りは誰も視界に入らないから、通りすがりの社員に声を掛けられたりする心配もないのだろう。

「お会いすることはできますか?」

上目遣いにはづきに聞かれ、ブースに先導する。

「絵里奈さん、お忙しいところすみません。ちょっといいですか?」

夏帆がパーティションの外から声をかけると、絵里奈の返事も待たずにずかずかとブース内に入った畠中が、

「何しているんですか?」

とけげんそうに尋ねている。

遅れて夏帆も入ると、絵里奈がパーティションの壁紙に手をやったまま顔を向けた。

「こういうかにも、といった事務机に座ることもないのかなあと思うと、それなりに感慨深いってもんだよね」

パーティションにはグレーがかったブルーの壁紙が貼られている。毛足の短い絨毯《じゅうたん》のような生地から、冷たそうなデスクに手を移動させ、手のひらですっと撫でた。

「感傷に浸っているところすみませんねえ」

畠中が悪びれもせずに言って、ブースの外で控えていたはづきを呼んだ。

紹介する間もなく、はづきが絵里奈の椅子の真横に駆け寄った。

「久田絵里奈さんですか。女性初の技術班のチーフでらっしゃるんですよね。憧れていました」

子どものような真っ直ぐな目で絵里奈を見つめる。

「へえ、そうなの？」

畠中の声が裏返る。

「最終報告書などでよく絵里奈さんのお名前を拝見していたんです」

絵里奈はメーカーから届いた資料をチェックし、問題点を洗い出し、検証し直すのが主な仕事だ。海外の資料だと翻訳から担当するなど、多岐にわたる。はづきの出向元の会社は、こうした検証を取りまとめ、メーカー側に戻す役割がある。おそらく、その過程で絵里奈が作った報告書を目にする機会があったのだろう。

推しのタレントにでも会ったかのような興奮ぶりから一転し、はづきは悲しげな表情になる。

「でも、私が春にここに来るときには、もういらっしゃらないんですよね」

「そりゃあ、久田さんの欠員で榊さんが配属になるわけなんだから」

苦笑する畠中にまで、寂しそうに視線を送り、はづきが絵里奈に右手を差し出す。

「あの、握手してもらってもいいですか」

「え、私？」と、絵里奈が戸惑っていると、

「あ、すみません。直接の握手はＮＧですよね。じゃあグータッチで」

と前に伸ばした右手を握った。

「おお、有名人ですねえ」

畠中が感心したように頷いていた。これまで見たことのない彼の眼差しに、絵里奈への尊敬が感じられた。

絵里奈は握り拳を作って、差し出された色白の拳にそっと触れ、ふっと表情を崩した。そのまましばらく動かずにいたのは、まるで畠中にそれを見せつけるためのようにも感じられた。

絵里奈が会社に貢献してきた勤続十五年の重みに改めて思いを致す。でもそれを目に見える形で表現したのは、夏帆ではなく来たばかりのはづきだ。

窓からの日差しが届いたせいだろう。ブースの壁紙から、グレーのくすみが取り払われたように感じた。それが絵里奈の豊かな笑みに重なった。

＊

はづきの指導は、夏帆に一任された。着任の四月一日は夏帆もはづきも朝から出社したが、それ以降しばらくはオンラインでの研修が続いた。社長の来客予定に合わせ、今日は夏帆も教育がてら出社した。

「まずお客さんが来たら、お茶ね」

連れ立って給湯室に入る。

久しぶりに会ったはづきは、制服姿がすっかり板についていた。ダサいと思っていたブレザーが、華やかな一着に見えた。

来客対応といっても、簡単な業務だ。いちいちメモを取る必要もないのに、夏帆の説明に頷きながら、はづきはスマホのメモアプリに目を落とす。

「この茶缶でいいんですか？」

給湯室の棚にはづきが手を伸ばす。夏帆が首を横に振る。

「このご時世だから、お茶はペットボトルなの」

「コロナ対策ですか。素晴らしい心がけですね」

はづきは目を丸くする。

「っていうか、そもそもいまどきお茶出し文化とかあり得ないでしょ」

未だに昭和感満載の仕組みが、夏帆は恥ずかしくなる。

「いえ。私も最初の配属先では、お茶のいれ方から指導されましたので、慣れています」

と言ってはくれるが、「せっかく来てもらったのに、こんな仕事ばっかりで申し訳ない」

と頭を下げたくなる。

「家でもお茶をいれるのは私の担当なんですよ」

はづきは結婚を視野に入れている相手と同棲している。

「彼氏さん、お仕事忙しい人なの？」

お茶なんて飲みたい人がいればいいのだ。役割分担する必要なんてあるんだろうか。

「大学病院で働く医師なので、不規則な生活なんです。一緒に住んでいるとはいえ、ほとんど顔を合わせていないんですよ。だからお茶ぐらいは一緒にって思って」

「そっか。お医者さんなら将来安泰だね」

自分の食い扶持は自分で稼がなくてはならない。夏帆は違いを思い知らされる。

「だったらこんなつまんない仕事なんだし、わざわざ働く必要なんてないんじゃないの？」

夏帆が羨ましいな、と伝えると、照れ隠しなのか、はづきはスマホのメモに目を落とす。

「じゃあ、ペットボトルは事前に用意して冷やしておくんですね」

「そう。冷たいのが苦手な人もいて、その場合は常温か、あったかいのはこっちに」

冷蔵庫の脇に置かれた箱型の家電を指差す。キャンプなどに持っていくクーラーボックスを縦にした形の保冷庫は、冷蔵だけでなく保温機能もある。

「坂口《さかぐち》部長とミサワ商会の三澤《みさわ》会長があたたかいお茶、三枝《さえぐさ》さんが常温、ですね」

夏帆はさらに、あと数人の社員やよく来社する取引先の名前と湯温の好みを伝える。

「古いおじさんたちはさ、お茶は熱くなきゃ、っていう思い込みがあるみたいなの。ペットボトルなんだから、味云々じゃないのにね」

主な来客は決まっている。たまに飛びこみで来社する客もいるが、その場合は冷たいお茶を出しておけば特に問題ない。改めてこうして説明していると、余計自分のやっている仕事が馬鹿馬鹿しいことに感じられてくる。

「取引先の人は、口をつけずに帰る人もいるけど、いったん出したものは廃棄、ね。なぜかそこは急須でお茶を出していた頃の名残りなんだよね」

「口をつけなくても、湯呑みの中身は確かに捨てますもんね」

はづきが神妙に頷く。

「封すら開けていないんだから、問題ないのに、なんとなく気になるしね」

他の誰かが触れたと思うと夏帆も過敏にもなる。

「出された本人が持ち帰ってくれるのが一番ですよね」

真剣な表情がはづきの顔に広がる。

「そう。だから席を立つ際にでも伝えて欲しいのに、社長や専務ってそこまで気が回らないんだよ」

夏帆は疲れたように笑った。


テーブルに二本のペットボトルが斜向かいになるように置いて応接室を出ると、ちょうど出入り口に来客の姿があった。社長自ら出迎え、連れ立って応接室に向かってくるのを、視線を落とす程度に会釈した。隣を見ると、はづきが九十度くらいにまで曲げた腰を戻していた。

「あの方がセントラル電気の営業さんですね」

ドアのこちらからでも、応接室の様子が窓越しに見える。二人が座ったのを合図に、我々も席に戻った。

あとは打ち合わせの終了を待って、ボトルを回収してテーブルを拭くだけだ。この時間に出来ることはないかと進めた伝票の整理も事務用品の補充も終わってしまった。応接室の様子を窺いながら、手持ち無沙汰に、スイッチプレートをアルコールティッシュで拭いたりする。

はづきもしばらくは席でパソコンを操作していたが、暇を持て余したのか、部屋を出たり、スマホにメモした内容を確認したりしていた。

三十分ほどが経った頃、再び応接室のドアが開いた。打ち合わせを終えた二人が出入り口に向かうのを見計らって即座に片付けに入る。社長側に置かれたボトルは、ほぼ空だが、客側は封が切られていない。夏帆の背中ごしにはづきが、「私、行ってきます」と、さっと客のペットボトルを取り上げ、一枚抜き取ったアルコールティッシュでボトルの側面を拭きながら、足早に出入り口に向かった。パールホワイトのパンプスがキュッキュッと軽快な音を立てた。

どこに行くのかとはづきに付いていくと、エレベーターが来るのを待っていた客に、「木崎《きざき》さん」と声をかけている。

セントラル電気には営業が何人かいて、正直名前までは把握しきれていない。はづきはその名前をどこで知ったのだろう。

木崎と呼ばれたその客が振り向くと、「よろしければこちら、お持ち帰りください」と、ペットボトルを手渡した。

「ちょっと……」

夏帆が制しようとすると、

「え、いいの？　実は喉が渇いていたんだよね。ありがたいなあ」

木崎が笑顔を見せ、そのままエレベーターの向こうに消えた。

「廃棄が減ってよかったですね」

やりましたね、と嬉しそうに言うはづきに、かける言葉もなく、夏帆は曖昧に頷く。

「でも何で？」

「セントラル電気ってエコにすごく気を配っている企業みたいなので」

「いや、そうじゃなくって」

と言いながら、夏帆は長い付き合いのあるセントラル電気が、どんな会社かなど知りもしなかったことに気づく。

「木崎さんだっけ？　お名前よくわかったね。もしかして知り合い？」

「まさかですよ。さっき守衛さんに聞いてきたんです」

来客はビルに入る際に、守衛室で社名と名前をノートに記すことになっている。名刺を置いていく人もいる。

「わざわざ？」

「はい。少しでもお客さまのお名前を覚えておけたらって思ったんです」

単なるお茶出しだ。誰もそこまで求めていない。うまく行ったと喜ぶはづきに、夏帆はそうは言えなかった。

＊

東京は人が多い。テレワークが多いとはいえ、出勤日もある。電車の乗り換えに未だに慣れない。

はづきは駅の改札を抜けたところでスマホを取り出した。バスの時間をチェックしていると、その横を急ぎ足のビジネスマンが通り過ぎていって、提げていたバッグにぶつかり、体がふらついた。

「すみません」、とはづきが頭を下げたときには、もうその人はずっと先を歩いていた。ため息を漏らしながら、人の少ない自動販売機の脇に移動した。

十三分遅れで到着したバスは空いていて、はづきは中程の二人掛けの席に腰かける。窓から見える風景は、まるでテーマパークにいるかのような煌びやかさだ。これまでも田舎にいたわけではないけれど、都内のそれとは比較にならない。流れていく明るいネオンに、思わず目を瞑った。

はづきが乗った停留所から三つ進んだところで、一人の女性が乗ってきた。肩先までの黒髪は、うす暗い車内でもわかるくらいに艶がある。カシュクールのワンピースの裾が、小柄な体の足元で揺れている。鮮やかなピンクのワンピースが、彼女のキュートな雰囲気によく似合っている。おそらくはづきが纏ったら下品になるだろう。胸元のネックレスはシンプルなだけに品のよさが際立っていた。

横を通り過ぎる時にチラッと目が合った。ナチュラルなメイクは透明感のある素肌を引き立たせている。途端にファンデーションやコンシーラーを仕込んだ自分の肌が息苦しさを増した。

男性受けのするファッションは心得ている。特にいまの職場は昔ながらの「おじさま」が多い。必然的にわかりやすい女性社員の姿が求められる。

「榊さんばっかりずるい」

これまでもさまざまな職場で面と向かっていわれなき僻《ひが》みや妬《ねた》みを受けてきた。それには慣れた。でも、どんなに成果を出しても、「美人は得だよね」で済まされてしまう。何か意見すると、「君はそこにいるだけでいいから」と、求められるのは努力ではない。年を重ねていくと、久しぶりに会った当時の同僚や後輩に、「劣化」などと陰口をたたかれる。

「やせすぎじゃない？　もっと食べたら？」

と先輩面してお節介を焼く者もいる。食べても太れない体質だと言えば、嫌みだと受け取られるだろう。

顔にこびりついた笑顔で耐えるしかない。

これまでずっと飾り物の役割しか与えられてこなかった。同じ年の社会人が持っていて当たり前のスキルがはづきには身についていない。自分の存在価値って何だろうか。生きている意味を問わずにはいられない。

いくつかの停留所を過ぎていくに従い、バスも混み合ってきた。乗ってきた中年の男性がはづきの顔をチラッと見て、胸元に行った目を慌てて逸らす。斜め後ろの席に座った。先ほど乗車した小柄な女性の隣だ。

次の停留所では親子連れが乗ってきて、降りた客と入れ違いに、通路を挟んだ席に座った。席に落ち着く間もなく、母親に抱かれた赤ちゃんのはしゃぐ声が聞こえた。見ると、赤ちゃんは小柄な女性に向かって、愛嬌《あいきょう》を振り撒いている。彼女も笑顔で手を振り返していた。

子どもは本質を見抜く力があるのだと思う。こんなに短時間の間に、すっかり懐いている。瞬時にこの人はいい人だ、と認識するのだ。いとも簡単に人を惹《ひ》き付ける力を、はづきは持ち合わせていない。

「人たらし」

そんな響きに憧れるけれど、それは自分とは無縁の言葉だ。

はづきの隣の席は爆弾でも仕掛けられているかのように、いつまでも空席のままだ。パーマで傷《いた》んだ毛先をそっと触った。

玄関のドアを開けたら、足がもつれた。

倒れそうになって、慌てて手を突いた。足を振って、パンプスを脱ぎ捨てた。パールホワイトのパンプスが、横を向いてその場に転がった。左右の小指が赤く腫《は》れているのが、ストッキング越しにもわかった。

同棲している畑瀬《はたせ》一埜《かずや》は夜勤で遅い。はづきは膝立ちのまま、室内に入り、風呂場の脱衣所でストッキングを脱いだ。ふくらはぎのところに伝線が入っていたことに気づき、いったいこれがいつ入ったのか不安になる。タオル地のタンクトップとショートパンツの部屋着になって、肩で息をした。

電気ポットのスイッチを入れ、リビングの棚から、薄茶色のボックスを持ち上げる。わっぱという竹製の楕円形のボックスの蓋を開け、中から急須と茶缶、白磁《はくじ》の湯呑みを取り出した。

新卒で配属された職場では、出社時に社員全員のお茶をいれるのが新人の仕事だった。予算に限りのある中で茶葉を選び、湯温に気を配ってそれなりの味を出すのは、なかなかの技を要する。上手にいれられるようになりたくて、週末を使って、お茶のいれかた講座に通ったこともある。筋がいい、と講師に誉められ、自信も持てた。でも、いまはそんな必要はないようだ。

これまで気を配っていたことや努力が、無駄だった、と言われているようで、虚しくも感じた。

「だったらこんなつまんない仕事なんだし、わざわざ働く必要なんてないんじゃないの？」

さっき給湯室で、夏帆に言われた言葉が頭に響く。わざわざ働く必要ない。同棲相手の一埜にも、実家の両親からも言われている。

こんな仕事……。未だに……。

自分が真剣にやっていることは「こんな」で片付けられてしまうものなのだ。やらなくても誰も困らない、つまらない仕事なのだ。

ぼんやりしていたせいで、湯呑みに移したお湯からすっかり湯気が消えている。煎茶は湯を冷ましてからいれるほうが、旨みが出て美味しくなる。でも冷ましすぎては、駄目だ。

はづきは、冷め切った湯を流しに捨て、改めてポットから湯を移した。

＊

その日は朝から立て込んでいた。夏帆が資料のコピーを二十部、ホチキス留めしていると、畠中から追加の依頼が来た。

「悪い、これも頼めるかな。十七ページのあとに入れ込んで欲しいんだけど」

既にほとんどの資料をまとめてしまっている。いったん留めたホチキスの針を抜き、追加の資料を入れ、揃える。手間が何倍にもなった。ため息をつきながら、手を早める。会議まで時間があまりない。隣の席に目をやると、はづきが悠長に、針抜きの器具を使って、ホチキスを外している。

「榊さん、ちょっと急ぎめでお願いできるかなあ」

夏帆の声が自然と荒くなった。時計をチラチラ見ながら、

「ね、ちまちまやってないで、こう一気に抜いちゃって」

夏帆ははづきの資料の束から一部取り上げ、持っていたホチキスのお尻の出っ張りを、金具に差し入れる。テコの原理の応用で手前に引くと、銀色の針がノミのように跳ね、はづきの手元に転がった。

「すみません」

消えいるような声が一層夏帆を苛立たせた。

「もうこっちはいいから、榊さんはお茶出してきてくれる？　席次はこれ」

会議の席次表を渡すと、はづきは自分のスマホを取り出し、メモを見ながら席次表に何かを書き写している。いつまでも席を立たないのが気になって、「ねえ、何やってるの？」とはづきの手元を覗くと、色ペンで丸をつけている。

「温かいお茶の人と常温の人とを、間違えないようにと思って」

「私それ、わかるから。ちゃっちゃとやってくる」

堪えきれずに席を立った。

準備に手間取り、開始時間に間に合わないのではないかと夏帆は心配したが、会議は滞りなく終了した。

資料もなんとか揃えることができた。畠中から、お礼にと差し入れのお菓子が届けられたほどだ。美味しそうな焼き菓子を見たら、たまの贅沢がしたくなった。

会議室の片付けが済んだら、駅向こうにできたコーヒーショップでテイクアウトしよう、そう思いながら、はづきと連れ立って飲み残しのペットボトルを回収していく。

「あれ？」

一本だけ未開封のボトルがあった。まだひんやりとしている。ホワイトボードから向かって左側は社員席だ。取引先相手などの来客ならいざしらず、社員で開封すらしないのは珍しい。

「そこ、坂口部長の席ですね」

ポケットから出した席次表をチェックしたはづきが言う。

「坂口部長？　いけない、冷置いちゃってた」

今日はこの季節にしては暑かった。言い訳にはならないけれど、ついうっかりしていた。

普段は気を遣っていたのに、始まる前の資料作りでバタバタしていたせいだ。

ただ、どのみち好みの問題だ。冷たいのが苦手なら、こうして口をつけなければいいだけのことだ。そう気を取り直していると、

「坂口部長って持病があるらしく、それで冷たいものは避けられているそうですね」

空のペットボトルのフィルムを一枚一枚剝がしながら、はづきが言った。

夏帆の頭を、幼稚園教諭の言葉がよぎっていた。

「夏帆ちゃんはね、いつも工作で一番に出来上がるんですよ。でもちょっとお糊が剝がれちゃっていたり、ハサミの切り込みがずれていたりするんです」

横目で見ていた鈍臭いクラスメイトをバカにしながら、優越感に浸って、不完全な作品を出した自分を思い出す。

はづきはきっと、遅いながらも糊をきっちり貼って作品を提出しただろう。慌てるあまりにミスをする自分なんかとは違って。

またお糊が剝がれちゃってたな、と夏帆は嫌な気持ちになる。

*

三度めの正直、という言葉がありますが、これは何度めの試作になるのでしょうか。そ

ろりのオムレツ作りもそろそろ上手くいってほしいものです。

「一個、二個、三個……」

そろりは口に出しながら、卵を割っていきます。かなり真剣なのは、もう失敗できないプレッシャーからでしょうか。

「三個、四個……」

おやおや、二度も三個って言いましたけど、大丈夫でしょうか。

「あ、間違えた」

割った殻の数を確認して気づいたようです。ホッとしました。それにしてもいったい卵をいくつ使うのでしょうか。

＊

定時で会社を出ても、夏帆はそのまま帰る気にはなれなかった。

「この時間だとこんなに明るいのか」

月日の流れに唖然《あぜん》とする。こんな日は絵里奈に夕飯に誘われたい、と思って、彼女はもう会社にはいないのだと項垂《うなだ》れる。

仕方なく、ひとりで駅向こうに渡る。退社前に二人で外食した日のことを懐しんでいるうちに、坂の上におひとりさま専用カフェがあったことを思い出した。あの時は絵里奈と一緒で寄れなかったけれど、今日なら正真正銘のおひとりさまだ。夏帆は坂を上って横道を入った。

少し歩くと、記憶通りの場所に、看板が出ていた。ドリンクメニューに軽食、それにハガキ大のカードにラフな筆跡でおすすめメニューの〈卵四個のオムレツ〉が書かれているのも同じだ。ただ、よく見るとメニュー名が微妙に書き換えられていた。「卵四個」の「四」にバツ印が書かれ、その上に「八」と修正されている。しかも小さく「キミだけ」「正解」と書き添えられていた。

「（キミだけ）卵八個のオムレツ（正解）」

声に出して読み上げてみても意味がわからない。しばらくその場で首を捻っていたが、オムレツという言葉に既にお腹が反応している。

夏帆は看板の矢印が示す方向に足を向けた。路地を行くとこぢんまりした庭が現れ、その奥に古い一軒家があった。庭のまわりは木が生い茂り、こんもりとした風景はまるで森のようだ。

いきなり異空間に紛れ込んで戸惑うが、興味のほうが上回った。ドアに付いた真鍮《しんちゅう》のノブを思い切ってひいた。

「いらっしゃいませ。喫茶ドードーへようこそ」

出迎えてくれたのは、ひょろりと背が高い男性だ。夏帆よりも少し年上だろうか。髪がもじゃもじゃで、黒縁の眼鏡の奥で、人見知りそうな控えめな笑みを湛《たた》えている。両手はポケットに入れたまま、「どうぞ」と低い声を発した。

他に客は見当たらない。勧められるがままに、カウンター席に腰掛ける。古い材木をペンキ塗装した店内は仄暗《ほのぐら》く、あちこちにキャンドルが灯されている。

カウンターの奥がキッチンになっているようで、食器や鍋が並ぶ。清潔感があって整然と置かれているにもかかわらず、どことなく力の抜けた感じがするのは、所々に木のおもちゃやガラクタのような雑貨が飾られているせいだろう。

何かと目が合った気がし、凝視すると、キッチンの柱に小さな絵の額が飾られていた。短い足に丸い小さな頭を持つ鳥は、この店の名前でもあるドードーだろう。愛らしい表情に、つい微笑みかけてしまった。

「このドードーはお客さんが描いてくれたこの店のアイコンなんです」

もじゃもじゃ頭の男性が、夏帆の視線に気づいて解説し、胸を張る。

「可愛いですね」と、夏帆が呟くと、男性は自らが誉められたかのように、黒縁眼鏡の奥で目を細めた。

「店主さんですか？」

夏帆が尋ねると、

「はい。そろりって言います。愛称ですけど」

と、マスクの上の眼鏡をくっと上げた。面白い愛称だが、そろりそろりとゆっくり歩くイメージと、この店の雰囲気がよく合っている。来てよかったな、と思った。

「表の看板を見て、寄ったんですけど」

「ああ、〈正解のオムレツ〉ですね。もう出来ているんですけれど、食べていかれますか?」

オムレツと聞いて、その場で調理した出来たてを想像していただけに、少しがっかりする。しかし、目の前に置かれたものを見て、歓声をあげてしまった。

「わあ、スペイン風オムレツ!」

ショートケーキのように三角にカットされたオムレツが、白い皿に置かれていた。添えられたフォークとナイフで一口大に切りながら口に運ぶ。

ほくほくのじゃがいもや厚切りのベーコンが中にみっちり詰まっている。飴色の玉ねぎが甘くて、口で蕩《とろ》ける。チーズもふんだんに入っているのか、味わいは濃厚で、卵はスフレのようにふかふかだ。

瞬く間に平らげてしまってから、「あれ? 何でしたっけメニュー名」と改めて確認してしまった。

「〈正解のオムレツ〉です」

「ええと、卵を八個も使っているんでしたっけ？」

「そうです。卵八個。しかも黄身だけを使ってね、このフライパンに」

そろりさんは後ろを向いて、スキレットのような小ぶりなフライパンを掲げる。そのフライパンで円盤形のオムレツを作って、カットしたのだろう。

「八個、多いですね」

なかなかいっぺんに使う量ではない。このくらいのサイズのフライパンなら一個かせいぜい二個もあれば、それなりのオムレツが作れそうだ。

「何度も何度も試作したんですよ。失敗が続いて。それでようやくこのレシピで成功したんです。だから〈正解のオムレツ〉、です」

何度も何度も、というところで彼は悲しそうに項垂れつつ、レシピ名の意味を明かしてくれた。アレンジを重ね、最終的にレシピ通りの数の卵で作ったのだという。

「そうだったんですか」

失敗を繰り返しても、学ばない自分と違って、何度もチャレンジする姿勢に感心する。

夏帆は結果がすぐに欲しいあまりに急いだ挙げ句ミスをする自らを省みていた。

「私はせっかちで、ゴールにすぐに到達したくなっちゃうんです。それでいつもお糊が剝がれてしまうんです」

「糊？」

突然そんなことを言われても、そろりさんにはわけがわからないだろう。夏帆は幼稚園の教諭に言われたことから、今日の会議室での出来事までを話す。

「五歳児の性格を見破るってどんな千里眼なんでしょうね」

そろりさんは妙なことに驚く。

「確かに言い得て妙というか。三つ子の魂……なんて言いますから、性格って変わらないんですよね」

「ぼくもそうですよ。ずっと人見知りですから」

それなのに接客業を選ぶなんて変わっているとよく言われます、と笑う。

「そういえば幼稚園でこんなこともありましたね」

その日は、紙粘土でお面を作るカリキュラムだった。お面の題材は自由で、親の顔やアニメのキャラクター、恐竜の頭部を作る子もいた。夏帆は一緒に通園していた同じ組の友人の顔をお面にしようと思っていた。

ショートカットの彼女の髪型を作り、キリッとした眉を載せた。手際よく進めていく。まだ粘土を捏ねている園児すらいるのに、夏帆はスピードを上げ、そろそろ色を塗ろうと、パレットに絵の具を出した。担任の教諭が見回りにきた。

「あら、早いわね。夏帆ちゃんは何を作っているのかしら？」

友人の名前を告げようとしたときだ。

「わかった、お猿さんでしょ。上手ね」

「うん、そう」

夏帆は慌てて、出した絵の具の上に赤い絵の具をギュッと絞り出し、顔中を真っ赤に塗りたくった。髪の毛も眉もおどろおどろしいほどの赤に染まった。完成したその面は、猿というよりも鬼のようだった。

「違うって言えなかったんですよね」

ひとつひとつ丁寧に作っていけば、眉もあんなに太くならなかったろう。小ぶりな唇の可愛らしい友人のお面が作れたはずだ。苦い思い出に浸っていると、

「はい、どうぞ」

そろりさんがビニールの袋に入った白濁したものを差し出してきた。一瞬、白い板こんにゃくかと目を疑ったが、受け取ると、冷んやりしていて、ゼリー状にぐにゃっとしている。

「何ですか？」

「お糊です」

確かにパッケージにそう表記されている。洗濯糊のようだ。

「ほら、おっしゃっていたじゃないですか。お糊が、って。これで心の中の剝がれを貼り

付けたらどうでしょう」

誇らし気に胸を張ったそろりさんが、真顔になる。

「ところでそれはあなたの欠点なんですか？　つまりお糊が剝がれていることが」

「まあ、そうだと思います。急ぎすぎるあまりに、結果としては失敗するんですから」

夏帆が答えると、そろりさんはこう続けた。

「糊が剝がれていたら、あとで貼り直せばいいんじゃないですか？」

それはそうかもしれない。でも最初から丁寧に作られた作品と、あとから修正を加えたものとでは、出来が違う気がする。効率的で要領がいいようで、つぎはぎだらけで決して美しいものにはならないのではないか、と夏帆は訴える。

「このオムレツ、何度も作り直したから、美味しくできたんですよ」

そろりさんは上手に焼けたことが相当嬉しいようだ。

「最初からレシピ通りにやったら、うまくいったってことじゃないですか」

夏帆はついちょっと意地悪なことを言ってしまう。

「いいえ。何度も自分なりに作ったからここに辿り着いたんです。自分のペースや尺度ってなかなか変えられるものじゃないですから」

卵八個なんて最初からチャレンジできない。だから自分の尺度で試行錯誤した結果、レシピが正しいとわかったそうだ。それにレシピでは全卵となっていたけれど、微調整していくうちに、安定して作るには、黄身のみを使う、という結論が導き出されたという。

「だからこの〈正解のオムレツ〉は自分にとっての正解のレシピなんです。ではあなただけの正解は何でしょう。つまり〈君だけの正解〉、です」

もじゃもじゃ頭の店主は清々しいほどの笑顔を見せる。君と黄身をかけたネーミングセンスがお茶目だ。

「自分のペースや尺度ですか。私は早足すぎるんですよね」

「これはのろますぎだったんですけど」

と、店主がドードーの額に温かな視線を送る。この飛べない鳥は、足が遅いあまりに卵やひなを食べられてしまい、絶滅してしまったそうだ。イラストを眺めながら、夏帆は自分だけの正解は何だろうかと思いを巡らせる。

「それに、たとえつぎはぎだらけでも、手際よく処理できる能力は誰もが持っているものではありませんよ」

もちろんできるだけミスのないようには心がけたい。でも、どうしてもやってしまうことで自分を責めても仕方ない。糊は何度でも戻って貼り直せばいいのだから。

「では、こちらぜひ」

帰りがけに改めてビニール袋入りの糊を差し出される。満を持したかの態度に申し訳なくはなりつつも、「いえ、大丈夫です」と顔の前で手を左右に振る。

「この糊、いいんですよ。天然パルプを使っているので、仕上がりが柔らかいんです。手荒れもしづらいので、冷たい水でも大丈夫ですよ」

と説明された。

「それに、糊は乾くまで時間がかかりますから。ゆっくりじっくり、です」

そろりさんが清々しい笑みを見せる。

ゆっくりじっくり。夏帆はその言葉を自分の中で繰り返した。

「実はこの店で使おうと思って買ったんですけどね、うちのリネンは洗いざらしですし。使い道がないんですよね」

そろりさんが頭を掻《か》いた。

*

はづきがシンクを磨く手を止めて、給湯室の時計を見上げると、針はまもなく十時を指そうとしていた。今朝は七時に出社した。他の社員が使う前に集中して作業しておきたかったからだ。

たかだか共有スペースの掃除に、三時間近くも費やしてしまった自分に嫌気がさす。そろそろ切り上げなければと焦っていると、背中から声がかかり、びくりとした。

「わあ、ピカピカ」

夏帆が目を丸くして給湯室の入り口に立っていた。

「ずっとやっていたの？」

驚いたような視線の先を見ると、スポンジを握る手が真っ赤になっていた。はづきは慌てて背中に両手を隠した。

「すみません。こんな仕事に長々と時間を使ってしまって」

いたたまれない気持ちで俯いたはづきに、思わぬ言葉がかけられた。

「そんなことないよ。丁寧にやった成果だよ。部屋全体が明るくなって、照明を換えたのかと思ったくらい」

夏帆が眩しそうに目を細めた。シンクの脇の作業台では、洗い桶の中で布巾が水に浮いている。

「布巾類を漂白したからでしょうか。いまは糊付けの仕上げをしているんです」

誉められたのが照れくさい。実家にいた頃から愛用している使いかけの洗濯糊のパッケージの封を閉めていると、夏帆が弾んだ声を上げた。

「あ、この糊知ってる。仕上がりが柔らかくなるんだよね」

「ええ。自然素材で手にも優しくて……」

つい口数が増えてしまった。そんなはづきを頷きながら見ていた夏帆が、ぱちんと両手を合わせる。

「これから来客対応は、榊さんにお願いできるかな？　私よりもきっちりこなしてくれるから、お客さまも安心すると思うんだ」

「え、任せていただけるんですか？」

補佐的な立場はこれからもずっと変わらないと思っていた。それだけに認めてもらえたことが嬉しく、思わず目に涙が滲《にじ》んでしまった。

「給湯室がきれいになったり、来客が気持ちよく帰ってくれたりすることが、社員の働きやすさに繋がって、結果としていいパフォーマンスを出せるのだとしたら、私たちの仕事も捨てたもんじゃないよね」

伝える夏帆の顔も綻《ほころ》んでいる。こんな仕事……だなんて思わなくてもいいんだ。はづきは糊付けした布巾を洗面器からゆっくり引き上げ、軽く絞って干した。午後にはすっかり乾くだろう。きっちりと整った給湯室を見回した。

＊

夏帆が会社に着くと、はづきの席にバッグが置かれているが、本人の姿が見当たらない。廊下を歩いていくと、給湯室から水の流れる音が聞こえてきた。はづきがシンクを磨いていた。

「わあ、ピカピカ」

額にかすかに汗が滲んでいる。力を込めて擦《こす》っていたのだろう。水仕事で手が赤くなっている。聞くと三時間近くも取り組んでいたという。おかげでシンクだけでなく、部屋全体が垢抜けたように感じた。

はづきの場合は、こうして時間をかけることによって結果を出すのだ。仕事はタイムパフォーマンスが大事だと思っていた。でもそれが全てではない、それをはづきの仕事ぶりに教わった気がした。

シンクの横に見覚えのあるビニール袋が置かれていた。「喫茶ドードー」にあったのと同じ洗濯糊だ。夏帆はあの森のカフェで聞いた言葉を心の中で繰り返す。

――糊はゆっくりじっくり。

「これから来客対応は、榊さんにお願いできるかな？」

きっちりとメイクを施した睫毛が、瞬きと同時に上を向いた。目に光るものが見えた。

ペースはひとそれぞれだ。自分のペースを守った結果、ドードーは絶滅してしまった。仕方のないこともある。でも戻って直せることなら糊を貼り直そう。夏帆はあの店で手渡された洗濯糊のぐにゃりとした感触を思い出しながら、そんなことを考えていた。

経費の締め日が近い。前もってできる準備は進めておこう。夏帆は席に向かった。

第二話

傷つかないポタージュ

墓前でお経をあげるお坊さんの袈裟の下で透ける白い衣を見ながら、夏用とはいえ、何枚も着ていれば暑いだろうな、と三嶋和希《みしまかずき》は思っていた。

四十九日の法要は、実際の月日よりも早めに行うほうが望ましいらしく、思いの外早い日取りとなった。本来ならば広く親戚を呼ぶはずだろうが、時勢も鑑み、母と和希だけで執り行った。

蟬すらも鳴くのを躊躇《ちゅうちょ》するほどの日だ。父は暑がりだった。母の手に抱かれた遺影で見せる笑顔も、どことなくぎこちなく見える。

大学入学を機にはじめた東京暮らしも二十年だ。気ままな一人暮らしにすっかり慣れてしまい、一年に数えるほどしか帰省しない。たまに地元に帰ってくると、そのたびに空の青さに驚かされる。真夏でも湿度がなく、気温ほどに暑くは感じられない。ただ、空気が澄んでいるせいか日差しが強い。和希は照りつける太陽を遮るように、右手を額に翳《かざ》した。

室内のエアコンが効きすぎていたせいで、しばらくは外にいても気持ちがいいくらいだったが、さすがに汗がしたたってきた。

境内のお墓で塔婆を立てるだけだから、とハンドバッグは母の車に置いてきてしまった。

額の汗を拭うハンカチもティッシュもない。

困ったな。和希がそう思った途端に、これまでなんとかこめかみあたりで止まっていた汗が、つっと頬まで流れた。仕方なく、右手の人差し指の先で、そっと拭った。指の腹に小さな水溜まりができた。

これでまた当分は痒《かゆ》みと水膨れとの戦いとなる。だから夏はいやだ。


父が旅立ったのは、梅雨空の肌寒い朝だった。あれからまだ一ヶ月あまりしか経っていないとは思えないのは、それだけ濃密な時間だったからだろう。通夜と葬儀はそぼ降る雨の中、執り行なわれた。

葬礼において、喪主の家族はホストだ。参列してくれた人たちに、できるだけ感謝の気持ちを伝えるのが役割であり、それが故人の想いでもある。

「十五時から精進落としですので、よろしくお願いします」

火葬場から斎場に戻るバスの中で、和希は参列者に伝える。その間にタクシーの手配をしておかなきゃ、と、このあとの段取りを確認するように自分に言い聞かせる。

喪主で慌ただしくしている母に代わって、弁当の手配や乗合バスへの誘導など、和希のできる範囲で動いた。

そうしていると大きな悲しみから逃れられる。こうした一連の儀式には意味があるんだ、と実感した。

バスを降りると、斎場の前に黒いワンピース姿の女性が傘を差して立っていた。

「絵里奈ちゃん」

同い年の従姉妹《いとこ》が和希の姿をみとめて頭を下げる。

「ごめんなさい、遅くなっちゃって。このたびは叔父《おじ》ちゃん……」

「引っ越し大丈夫なの？」

「とりあえず荷物だけ出したから、あとは今日中にあっちに行けばいいの。飛行機も最終便を取ったから」

結婚が決まった絵里奈は、相手の暮らす大分に引っ越すことになった、と母から聞いていた。今日はもともと決まっていた引っ越しの当日なので、式には参列できないかもしれない、と連絡を受けていた。

故人への気持ちは別に式に参列するかどうかではない。その場に赴かなくとも、悼《いた》む気持ちはちゃんと届く、そう思う。でも、足を運んでくれたことに、わきあがるような感謝の気持ちを抱いた。

「わざわざありがとう」

心からの礼を伝えた。

斎場の入り口で他の参列者と話していた絵里奈の母がこちらに気づいて、近づいてきた。

絵里奈の母親は亡くなった和希の父の姉だ。仲のいい姉弟で、子どもの頃は家族ぐるみで遊んだ。アウトドアが趣味だった父が、登山や海遊びに、絵里奈も連れてよく出かけたものだ。

「あなたの分のお料理は数に入っていないから」

伯母《おば》が小声で窘めるように伝える。

「うん、お焼香だけさせてもらって、すぐに失礼するつもり」

と穏やかに頷く絵里奈の肩に和希は手を置いた。

「そんなこと言わないで。せっかく来てくれたんだから、飛行機の時間までゆっくりしていってよ」

子どもの頃から病気がちだった父と結婚するのを、母の両親はかなり反対したという。そんな外野の心配をよそに、一人娘の和希が生まれたのが励みとなったのか、父は次第に病に臥《ふ》せることが少なくなった。和希の記憶の父は、アウトドア好きのスポーツマンだったから、そんな話を聞いても俄《にわか》には信じられなかった。

でも七十歳を過ぎたあたりから持病が悪化し、入退院を繰り返すようになった。そのたびに、「もうダメかも」と母が項垂れ、励ますのが和希の娘としての役目でもあった。何度もそんなことがあったから、今回の入院も、また数日で元気になって戻ってきてくれるだろう、と信じていた。亡くなる一週間ほど前に、母が主治医に呼ばれ、あと数日だ、と聞かされたときには、「嘘でしょ」と口を衝いて出てしまったほどだった。

斎場の係員に、畳敷きの部屋に案内される。普段だったら五十人くらいを収容する広さの部屋を、今回我々二十人弱のために用意してくれた。

感染対策のため、参列者もごく内々の親族だけに限った。会食となると気になる人もいるだろうが、これだけゆとりがあれば安心だ。和希はホッとしながら、

「一人増えたので、私の分はそちらに回してください。あの女性です」

と、係員に耳打ちし、入り口で他の親族に挨拶している絵里奈に声をかける。

「絵里奈ちゃん、どうか食べていって。お料理はちゃんとあるから」

「あら、でもこの子のは含まれていないでしょ。和希ちゃんたちの分、ちゃんとある？」

伯母に気遣われた。

「私たちはなんだかんだバタバタしているので。それよりも、絵里奈ちゃんがいてくれるとパパも喜ぶから」

和希は笑顔で言ったはずなのに、声が揺れた。それが堰《せ》き止《と》めていた何かを外したのか、絵里奈が、わっと涙を流した。

「叔父ちゃんのこと、大好きだった」

子どものように肩を震わせながら泣きじゃくる絵里奈の隣で、伯母も俯く。いったい涙ってどれだけ在庫があるのだろうか、と不思議に思うほど、ここ数日何度も流した涙を、つられて和希もまた流す。

「うん。パパもよく絵里奈、絵里奈ってさ」

「そうだったわね。うちの人は旅行が好きじゃないから、あの子があちこち連れていってくれたわね」

伯母のゆったりとした声が、和希を楽しく懐かしい日々に連れ戻す。

会場のひな壇みたいなところに飾られた父の写真が、一瞬、口元を緩めたように思えた。滲んだ視界の先でそれを見て、また涙が溢れた。

「ねえ、日にち薬って知ってる?」

伯母が和希に教えてくれたのは、その時だ。時が経てば悲しみも憎しみも癒えていく、それを「日にち薬」というそうだ。時が解決する、という意味に近いだろう。ただし日にち薬は即効薬ではない。ゆっくりじわじわと時間をかけて効いてくれるのだという。

「いつか効いてくれますように。そう願って、ただただ過ごすしかないのよ」

あの日伯母がしみじみと呟いていたことを、拭った汗の残る人差し指を見ながら思い出していた。

和希が夏に皮膚炎を患《わずら》うようになったのは、高校生の頃からだ。思春期で体質の変化があったのだろう。それまで何事もなかったのに、急にポツリポツリと痒みを伴う発疹《ほっしん》ができた。

皮膚科に診せると、日光や汗などによる湿疹だという。処方された軟膏を塗ると痒みはすぐにおさまった。小さな赤みがかった発疹はしばらくするとかすかに痛みを伴う水膨れへと変化し、やがて乾燥し、皮がめくれる。

そうなってしまえば、痒みも痛みも感じなくなるが、ザラザラとした皮膚の状態だけがいつまでも続き、すっかり元に戻るには一ヶ月はかかる。薬を塗るのを忘れたり、水仕事が重なったりすると、さらに完治までは時間がかかり、あるいはようやく落ち着いてきた患部が再び最初の発疹の状態に戻ることもある。

もちろん生活に支障をきたすようなものではない。でも、心地いいものではない。

「はっきりした原因はわからないんですよ」

薬を処方してもらうため、四十も近いこの歳になるまでいくつかの皮膚科を受診したが、そのたびに医師にこう伝えられた。

それでもこの湿疹との付き合いがすっかり長くなったおかげで、和希なりに注意すべき点がわかってきた。

素手で直接汗を拭うと、そこが発端となり湿疹が出るらしいのだ。しかも手をすぐに洗ったとしても、変わらない。いったん汗を触ってしまえば、必ず発疹が始まる。最近通っている皮膚科の医師にそのことを話す。

「こういうのは体質によるからね。あなたの場合はそうだってことかもしれないわ」

すっかり馴染《なじ》みとなった軟膏を処方されながら、注意をされる。

「わかっているのなら必ず汗はハンカチで拭うって心がけも大事」

きびきびした口調で発破をかけられた。汗をかいたところが爛れる人もいるだろう。和希の場合は、かいた汗を素手で拭わなければ予防できる湿疹だ。それだけに、ハンカチを出すのが面倒だったり、すぐに用意できずについ手で拭ってしまった少し前の自分を責める。

「またやってしまった」

うっかり汗を拭っただけなのに、いつまでも消えていかない。ほんの僅かな雫が、痕となって残る。

右手指の腹の小さなポツポツは、日頃些細《ささい》なことで受けたり、逆に他人に与えてしまったりしている心の傷のようだ。よかれと思って発した言葉が、誰かを傷付けていることに、我々はいつも気づかない。

＊

「喫茶ドードー」の庭にあるベンチに触れて、そろりは「熱っ」と顔を顰《しか》めました。

ギラついた太陽が庭の真ん中まで容赦なく照り付けています。木製のベンチもてっぺんからの日差しをまともに受け、すっかり熱されてしまったのでしょう。

そろりは今度は用心深く恐る恐る手を近づけ、そのまま木陰まで、ベンチを引きずっていきました。ベンチに爽やかな水色のチェック柄の布を敷いて、腰掛けます。

「ああ、ここに池があったらな」

足をぷらぷらと前後に揺らしながら、そんなことを呟きました。

確かに、この小さな庭に池があったら気持ちがいいでしょう。風も通って、こんな日ですら心地よく感じるかもしれません。

するとそろりは何を思ったか、「そうだ」と手を叩いて立ち上がりました。

まさか庭を掘って池を作るわけでもないでしょう。意気揚々と店に戻ってきたかと思うと、キッチンの奥のパントリーに籠もって、ガチャガチャと音をさせています。

しばらくすると、何か大きなものを抱えて出てきました。アルミ製のタライです。そこに水を張り、氷を入れ、冷蔵庫から取り出した野菜を沈めます。ガラガラと氷がタライに当たる音が涼し気です。

ガラガラ、ガラガラ。ガラガラ、ガラガラ。

音が遠のいていきます。

ベンチに座ったそろりは、おもむろに足元に置いたタライからキュウリを一本取り出します。

カリッ。

軽快な音が、キッチンにいる私のところに届きました。

*

四十九日の法要と納骨は滞りなく終わった。

「これで一段落ね」

控室で喪服から普段着のカットソーに着替えた母が、荷物を紙袋にまとめながら言う。

事務的な手続きがまだ多少残っているとはいえ、大きな行事は終わった。続いていた緊張が解けると同時に、すべきことがなくなった隙間に寂しさが押し寄せてきそうで、和希は日常に戻っていくのが怖くも感じた。

法要が終わって実家に着いたのは夜遅くだった。参列できない親戚や父の仕事関係の方から届いた花で、和室は厳かに設えられている。笑顔の父の写真の横がぽっかりと空いていた。納骨までは骨壺の入った白い包みが置かれていたところだ。その空間が父の不在を象徴するようだった。

母がお寺から持ち帰った、紫色の帛紗《ふくさ》を両手で取り出し、手のひらに載せる。丁寧に包みをほどき、真新しい位牌を、写真の隣に置いた。空虚だった隙間にまた何かが吹き込まれたように思え、和希はホッとする。

早くも赤みを帯びている人差し指に湿疹薬を塗っていると、

「パパも皮膚が弱かったわよね。和希はそんなところまでパパ似なんだから」

と、母が笑った。

「いつまでもこっちの人間が寂しがっていると、あちらでも安心できないだろうから」

お線香に火をつけ、手を合わせたあと、母が自らに言い聞かせるように呟いた。微かに笑った目尻に、今日もまた涙が滲んでいた。

一泊し、和希は朝のうちに実家を出た。バスに乗って駅に着く。そのまま新幹線に乗って東京に戻るつもりだったが、ふと、海が見たい、と思った。

在来線で西に三駅ほど行くと、海の近くに出る。東京とは逆方向になるけれど、帰宅が数時間遅れたところで問題になるほどには忙しくない。

和希は四人がけのボックス席の窓際に腰掛ける。窓の外に玉ねぎ畑の風景が続いた。

平日の下りの在来線は空いていた。エアコンは効いていたけれど、換気のためか上から下ろして開ける窓が、数センチほどさがっていた。電車の動きに合わせて、天井から吊るされた広告が揺れていた。

改札口までの屋根だけが続く簡素なプラットホームに降り立つ。その屋根もホームの手前までで、その先は、じりじりと音がしそうな日差しに晒《さら》されている。

脇をさっと乾いた風が通り抜けていき、和希は思わず深呼吸をした。

駅前の歩道橋を渡る。さびれた土産物《みやげもの》店の間を抜けていくと、目の前に砂浜が広がっていた。海水浴場ではないので、人の気配はあまりない。それでも駐車場にはワゴン車が並び、サーフボードを出す若者や、海遊びに来た親子連れがちらほらいた。

海がざあーっと音を立てて波を寄せる。波打ち際に裸足で駆け寄る少女のうしろから、父親が声をかけながら付いていく。手にしている鮮やかなピンクのプラスチック製のバケツが大きく揺れていた。

和希は幼かった頃を思い出していた。

夏のはじめになると、この海で父と潮干狩りをした。砂浜を掘って、スコップで貝を採ってはバケツに入れる。夢中になっていると、いつの間にか海に近づいている。泡の立った水が打ち寄せてきて、ビーチサンダルの足元を濡らした。

潮風は生ぬるくて、髪に触れるとべたついた。駐車場で待つ母に、濡れたタオルでごしごしと全身を拭かれた。素足で立つと焦げそうになるほどに熱くて、指の隙間に砂が入り込んで足を取られる感覚までもが愉快だった。

砂浜でしか咲かない花や、海辺の鳥の名を教えてくれたのも父だ。シギ、カイツブリ、ジョウビタキ。雀のような大きさで、グレーと白の羽を持つハクセキレイは、和希にも見つけられた。

「チチッチチッ」

囀《さえず》るような鳴き声を父が真似、それが面白くて仕方なかった。

肌で感じる思い出は、瞬時にその日に戻してくれる。親子連れがはしゃぐ声が耳に届き、やがてその声が昔の自分の声と重なった。

「パパ」

思わず声を出してしまったのは、波の音に紛れるという安心感からだろうか。それから今度は海に向かって思いっきり叫ぶ。

「パーパー。ありがとうー」

誰かが聞いていても構わない。

「ありがとうー」

「ありがとうー」

和希は何度も何度も叫んだ。

仕事がはじまってしまえば、慌ただしく日々は過ぎていく。日常は同じ速さで進んでいるはずなのに、自分だけがその場に置き去りにされているように感じた。過ぎていく時間を、和希は他人事のようにぼんやりとどこかで俯瞰《ふかん》するように眺めていた。

ただ、右手の人差し指の水膨れだけが、時の流れを思い出させる。

陶芸作家の柏木美保《かしわぎみほ》から個展の案内ハガキが届いたのは、それから間もなくのことだった。

〈ひさしぶりのリアル開催にワクワクしています〉

ハガキには手書きのメッセージが添えられていた。

案内の地図によると、会場のギャラリーは、ターミナル駅のほど近くにある。仕事で何度か訪れたことのある街だが、そのギャラリーのことは知らなかった。

和希は雑誌やウェブに掲載する記事を書くフリーランスのライターだ。ライフスタイル系のメディアが主戦場で、雑貨店や飲食店の取材だけでなく、ファッションやインテリアなどの紹介記事も書くし、手仕事の作家の個展に赴いてルポを寄せるのも仕事だ。美保は、和希が駆け出しの頃に取材をさせていただいたご縁で、仕事抜きでもお付き合いのある方だ。顔を出さないわけにはいかない。

昨年と一昨年はオンラインで作品を紹介して販売する形式で開催していたけれど、こうした対面での個展は三年ぶりだ。会場には和希の住むマンションから電車を乗り継いでも三十分もあれば着くだろう。この時期は取材すべきイベントも少なく、抱えている仕事のスケジュールにも余裕がある。

父を送るための行事もひとまず終わった。そろそろ前に進まなくてはいけない、そんな焦りにも似た気持ちがあった。いいチャンスだ。行こう。

そう決めたのに、それでも、当日まで和希はぐずぐずと迷っていた。

「行かなきゃ」

和希は自分を奮い立たせるように手を叩き、洗面所に立つ。出かける前の儀式を執り行うように、顔をざぶざぶ洗った。敏感肌にもいい、と以前ネットで見つけ愛用している化粧水を浴びるように肌に含ませた。ラベンダーの香りが、厳かな儀式を支える香のようにそっと包み込んでくれた。

充血を抑える目薬で泣き腫らした目の赤みはいくぶんカバーはできたが、分厚くなったまぶたの腫れまではひかなかった。

会場は駅から続く大きな坂道の中腹にあるようだ。少し歩いただけでも息が切れる。重い足を引き摺《ず》りながら地図に従って脇道を入ると、ギャラリーの名の入った案内板が置かれていた。「柏木美保の器展」と書かれた下に、展示品の写真が貼られていた。

彼女のアイコンである鮮やかな色調の作品は、ピンクやイエローなど、自然の色とはかけ離れたビビッドさがある。いつもは魅力的に感じるそれらが、今日は息苦しく見えた。

会場に近づくと、入り口付近で数名の客が固まって談笑していた。マスクこそしているけれど、華やかなざわめきのようなものが、遠くからでも伝わってくる。

「無理だ」

思うよりも先に体が反応した。

和希は隠れるように背中を向け、来た道を戻った。ウエッジソールのパタパタする足音が、彼らに届くのではないかと気になるほどに、急ぎ足で大通りに戻る。とにかくその場を離れたかった。

汗が頬を伝うのがわかった。ハンカチを出すゆとりはない。手で触ればまた湿疹が出る。流れるがままに、目に入った路地を一目散に進んだ。

通りすがり、小さな木の看板に、〈キュウリ冷えてます〉と力の抜けた文字で書かれていたのだけは確認した。

木々に覆われた路地は、風が吹き抜け、滴りそうになっていた汗がひいた。路地の先には開けた広めの庭があり、その奥に小屋のような建物が見えた。

「なんとか逃げきれた」

和希は鬼ごっこのあとのように肩で息をしていた。落ち着かせるために大きな呼吸をひとつしたら、体の中に森の香りがすっと入り込んできた。

庭の片隅のベンチに座っていた男性が、和希に気づいて立ち上がる。木製の古いベンチがガタッと音を立てて、左右に揺れた。

「いらっしゃいませ、喫茶ドードーへようこそ」

そう言われてはじめて、さっきの看板がカフェのメニューだったことに和希は気づく。

「お茶だけでもいいですか？」

お腹は空いていない。慌てて言うと、背の高いもじゃもじゃ頭の男性が、顎に手を置いて、困ったように首を傾げた。

「実はまだ開店前なんです」

看板を早めに出し過ぎたなあ、と呟く姿に、和希は申し訳なく感じ、頭を下げて引き返そうとすると、背中から声がかかった。

「キュウリは冷えていますよ」

和希が振り返ると、男性は足元のタライからキュウリを一本取り上げる。トングに摑まれたそれは、水浴びから帰った子どものようだ。キラキラと輝く雫がぽたりと落ちた。

「よかったらこちらを」

差し出したキュウリを男性がパキリと音を立てて自分で齧《かじ》ってみせた。

歩み寄った和希が指を差されたタライを覗くと、中にはキュウリやトマトが氷と戯《たわむ》れるように転がりながら浮いていた。

「ご自分でお取りください」

トングを渡され、脇に置かれた手指消毒用のアルコールスプレーを、さっと寄せる。

「いただきます」

水が滴るキュウリは冷んやりとしていて、摑んだだけでも体感の温度が下がった。口に近づけると、爽やかな香りが鼻腔《びこう》をくすぐり、誘われるように一口齧った。味付けもしていないのに、ほのかに甘みを感じる。野菜自らが抱いている旨みがぎゅっと詰まっているのだ。後味の青臭さはすっきりとして種のまわりまでシャキシャキと新鮮だ。みるみるうちに体内の熱を逃がしてくれた。

奥歯でカリカリと音を立てながら、外で野菜を丸齧りするなんて何年ぶりくらいだろうか、と考えていた。

父と行ったハイキングの山道が頭に甦《よみがえ》ってくる。途中の休憩所で、こんなふうに野菜が売られていたことがあった。澄んだ空気の中、山々の景色を眺めながら齧り、これ以上美味しいものはあるだろうか、と感激した。

和希は右手の指に目を落とす。法要の日に出来た湿疹は、ぶつぶつした発疹のあと、数日前から皮が乾燥し、めくれ始めていた。キュウリはビタミンCが豊富だと聞く。湿疹にも効いてくれるといい、と願いながら、キュウリを一本、平らげた。

　店の開店準備のためか、さきほどの男性は小屋に入っていったきり戻ってこない。しばらく庭で涼んでいたけれど、このままいても迷惑になるだけだ。

　窓から覗くと、男性はキッチンで作業をしている。他にスタッフも見当たらないから、店主なのだろう。一人で仕込み作業をしている姿は、まるで山小屋で料理をしているみたいだ。庭先に座る和希は、自分がウインドブレーカーを着て、リュックを背負った子どもの姿で、夏山の景色に紛れ込んだかのように感じられた。

「あの、お代を……」

　覗いた店内はしんと静まり返っているのに、キャンドルの灯りのせいか、温かみを感じる。エアコンは点いてはいるだろうけれど、開け放った窓からの風が心地よく届いている。

「今日は結構ですよ。生のキュウリですから」

　開店前だったのでサービスです、と店主らしきその男性が言ってくれた。

「またお越しください」

　もじゃもじゃ頭に手をやりながら、にっこりとしてくれた彼には申し訳ないが、ふたたびこの坂を上ることはしばらくはないだろう。会釈して店をあとにした。

　帰りの電車でスマホを開く。美保のインスタグラムには、個展の様子がアップされてい

た。個展には、彼女の友人や美大時代の後輩が手伝いに来るのが定例だ。馴染みの顔が写っていた。すると、

〈いつものメンバーで待っています〉

和希の行動が見られていたのかと思うほどのタイミングで、美保からアプリにメッセージが届いた。

〈今日、近くまで行ったんですが時間がなくて〉

和希が言い訳じみたメッセージを送ると、

〈そうだったんですね。会いたいですー〉

と返信があった。

和希はメッセージを既読にしたまま、そのあとに続ける言葉を探していた。会場近くで見た賑わいが頭をよぎる。悲しみの中に沈んでいた自分が、華やぐ空間で順応できるだろうか。でも、立ち止まっていても時は待ってくれない。仕事だと思えば、出来ないことはない。さっとご挨拶だけして、そのあとあのカフェに寄ればいいじゃないか。自分を鼓舞《こぶ》して、返信を送った。

〈来週末なら伺えるかもしれません〉

＊

「喫茶ドードー」は夕方開店です。もう準備をしなくてはいけない時間なのに、そろりはまだ庭に出ています。

日が傾いて多少は涼しくなったのでしょう、ベンチにごろりと横になっているではないですか。

「北はこっちだから」

まさか開店前に昼寝か、と呆れましたが、さすがにそうではなさそうです。円形の厚紙のようなものを手に、空を見上げています。

「はくちょう座がここだってことは」

なるほど、星座盤ですね。日時と方位を指定すると見える星座が示される仕組みになっているようです。そういえば、今夜は流星群が見られるんだとか、朝からそわそわしていましたっけ。

そろりはそうやってゆったりと日が沈むのを待っているようです。

「寝っ転がって星空を見るなんていいもんだなあ」

こんな時間がつくづく幸せですね。

日が暮れると同時に、常連の磯貝睦子《いそがいむつこ》が顔を出しました。

「睦子さん、キュウリ色ですね」

睦子はムツコイソガイ名義で活躍しているテキスタイルデザイナーです。七十歳を迎えましたが、まだまだ仕事のペースを落とすつもりはなさそうです。

そろりが真面目腐ってそんなことを言うのを、カウンターに座った睦子がクッと笑って、ワンピースに目を落としました。

「言われてみればそうね」

今日着ているワンピースの絵柄も自分でデザインしたものでしょう。モスグリーンと淡いグリーンの円がぼやけて混じった柄が全面に広がったデザインです。

「でもキュウリってえらいから私、好きよ」

睦子が本日のおすすめの〈傷つかないポタージュ〉をスプーンで混ぜながら、そろりに話しかけます。不思議な名前が付けられていますが、見たところキュウリを使ったポタージュのようです。

「ええ、えらいですよね。ビタミンCたっぷりで。この季節は日焼けを防いだりもしてくれますし」

「目にいいβ《ベータ》ｰカロテンも豊富なのよ」

仕事柄、睦子は目を大切にしているのを、私もよく知っています。

何を隠そう、私を誕生させてくれたのがこの睦子。水彩で描いて、そろりにプレゼントしたのです。ドードーは絶滅したけれど、睦子のおかげで、私はこの店で「生存」し続けていられるのです。

その睦子がそろりにこんなことを聞いています。

「でもキュウリのビタミンは熱に弱いんでしょ」

そろりは両手を腰に当て、だからこうやって生で調理するんだ、と自信ありげに言いました。睦子がスプーンを差し入れる白いボウルは水滴を帯びています。口に入れては「冷たい」と肩をあげる睦子の姿は、なんともお茶目です。そんな睦子を見ながら、そろりがレシピの説明をしていきます。ブレンダーにかけたポタージュを冷たくするためにいったん冷凍をし、半解凍の状態で出しているんだそうです。

「だからこんなに冷たいのね。確かにシャーベット状のシャリシャリ感も残っているわね」

「氷を入れると薄まってしまうのが惜しくて」

嬉しそうにお椀《わん》のような半球状の器を持ち上げ、鼻を近づけた睦子が尋ねました。

「ハーブかしら。いい香りなのは何？」

「ディルです」

「ああ、あの芝生のお化けみたいな草ね」

睦子は納得したように頷いて、あっという間に器を空にしました。

＊

和希は電車を降りて、目的地に向かう。つい数日前に訪れた場所だ。出口からの経路も頭に入っている。でも和希は信号を渡ったところで立ち止まってしまった。

信号の先はなだらかな坂が続いている。美保の個展会場のギャラリーは坂の中腹あたりにある。

足が竦んだ。上りたくないよ、と全身が訴えている。このまま引き返そうか、と思った。でも「これから行きます」と連絡したばかりだ。アポをドタキャンするような無責任なことは出来ない。無理して一歩を踏み出したら、痛みもないのに涙が滲んだ。

はっと息を吐いたら、少しだけ足が前に出た。

ガラス張りになったギャラリーでは、スタッフたちが手持ち無沙汰に立っていた。客が少ないのは、閉廊時間が迫っているからだろうか、と思ったが、奥に入ってみてわかった。今回の個展は、展示と同時に即売もしている。棚や机に、作品はもう数点しかない。完売が間近なせいだ。

美保の久しぶりの個展だ。待っていたファンも多いのだろう。

「ずいぶんと売れたんですね」

「おかげさまで」

三年ぶりに顔を合わせた美保は、以前より少しふくよかになっていたが、人当たりのいい笑顔は変わらない。お手伝いのスタッフからも、「和希さん、会いたかったです」と笑顔で話しかけられた。

残り僅かとなった作品を眺めていると、美保が、笑顔をすっとしまい、隣に並んだ。

「お父さまのこと、聞きましたよ」

ギャラリーのライトがいやに明るく感じた。華やいだ雰囲気の中で、あまり話題にしたくなかった。

「お気持ちわかりますよ」

けれど、寄り添うように言ってくれる美保を無下にはできない。気づくと、スタッフの面々も我々の様子を気にしていた。

「まあ、もともと病気がちでしたからね」

和希は早く話題を切り上げたくて、わざと明るく振る舞う。

「私もね、美大時代の恩師を亡くしたばかりなので、寂しくて仕方ないんですよ」

美保が目にうっすら涙まで浮かべ、卒業以降、会う機会はなかったけれど、この道へ導いてくれた人なんです、と語った。

その時、和希の心の中で何かが軋《きし》んだ。命の大きさに差はない。比べられるものではない。でも実父を亡くしたこととは一緒にしないでほしい。そう強く思った。しかも悲しいと言いつつも、その恩師には、何十年も会いに行っていなかったのではないか。

「ね、和希さん、悲しい時は泣いていいんですよ」

和希が黙っていると、スタッフの一人に肩を叩かれる。

「そうですよ。仲間なんですから。私たちの前で無理しないでください」

美保が言うと、口々にそうだそうだと発せられる声が耳の中で渦を巻いた。

無理をしたのは、泣かないことではない。ここへわざわざ足を運んだことだ。涙はこれまでもちゃんと分かち合える人の前で見せてきた。わかったような綺麗な台詞《せりふ》を吐かないでほしい。

視線を右手の指に落とす。ようやく治りかけていたのに、また赤みが出ている。この場からとにかく離れたい。そう思ったら、悔しさで涙が溢れた。でも涙は同情の集まった視線を遮る手立てになった。

「いいんですよ」

満足したのか、美保が深く頷いた。

「どんなお父さんだったか話してくださいよ。みんなで思い出話を聞きましょう」

美保の余計な提案をどうやってうまく切り抜けたのか。ただただ、悔しかった。無理して坂を上ってきた自分を責めた。まだそんな段階ではなかったのだ。日にち薬がちっとも効いていないのに、動いてはいけなかったのだ。


横道に駆け込んで、路地の入り口の看板の前に立つ。この間はよく見ずに入ってしまい、営業時間外に訪れてしまった。店の名前「喫茶ドードー」の下に〈おひとりさま専用カフェ〉と書かれている。

「そうだったのか」

先日ちらっと覗いた店内の様子を思い出す。あそこなら余計な穿鑿《せんさく》はせずに放っておいてくれそうだ。店主らしき男性の飄々《ひょうひょう》とした雰囲気が頭をよぎる。

コーヒー、紅茶、サンドイッチ、それと今日は「キュウリ冷えてます」の文言はなく、「本日のおすすめ」のメニュー名が書かれていた。

〈傷つかないポタージュ　あります〉

和希はメニュー名をしげしげと眺めていたが、どうにも想像がつかない。それよりも早く穏やかな場所に逃げ込みたかった。森の香りを体に満たしたかった。自然と早足になった。

この間訪れたよりも時間が遅い。木々に囲まれた庭はすっかり暗くなっていたが、窓の向こうでキャンドルがチラチラと揺れているのが見えた。

金色のドアノブをひくと中から、先日の男性がエプロン姿で出迎えてくれた。

「いらっしゃいませ、喫茶ドードーへようこそ」

丸眼鏡に頭は今日ももじゃもじゃだ。

店内には年配の女性客がひとり座っており、入ってきた和希に柔らかく微笑んだ。会釈しながら、先客の隣をひとつ空けて座った。

「先日は……」

と、店主にお礼を伝えようとすると、

「今日もおすすめはキュウリの料理ですよ」

店主が訥々《とつとつ》と言う。

「表の看板に書いてあった〈傷つかないポタージュ〉っていうのは」

和希が尋ねると、眼鏡の向こうの目が細くなった。

「はい、キュウリです」

「キュウリが傷つかない？」

首を傾げる和希に、

「美味しいわよ。さっぱりして」

と、年配の女性客が薦めてくれた。

「じゃあ、それをお願いします」

何が出てくるのかわからないのも、冒険をしているようでワクワクする。ここにいると父と訪れた山小屋にいる気分に浸れる。それも嬉しかった。店主は父よりもずっと若いけれど、そっと見守ってくれる雰囲気は父に似ていなくもない。

「どうぞ」と置かれたスープは瑞々《みずみず》しいまでの黄緑色で、それだけでも爽やかな気分になる。顔を近づけると、草木のような匂いがして、森の中に迷い込んだようだ。スープボウルに手を添えると、器越しにひんやりとした感触が伝わってきた。スプーンを差し入れると、とろっとした重さを感じる。そっと掬《すく》って口に運んだ。

「わっ」

まずはシャーベット状の舌触りに驚かされた。生で齧ったときの清々しさがぎゅっと凝縮され、とろみのあるポタージュなのに、さっぱりしている。ハーブの香りが強く、畑の真ん中に立っているようだ。

「ね、美味しいでしょ」

客に尋ねられ、和希は大きく頷いた。

「キュウリとディルをブレンダーにかけて、ビネガーを混ぜたんですって」

ディルはニシンなどに添えられるヨーロッパの伝統的なハーブだ。キュウリと混ぜる発想はなかった。

「スウェーデンの料理ブックに出ていたレシピです。北欧ではメジャーなポタージュなようですよ。もちろんレシピ名は単にキュウリのスープ、ですけど」

眼鏡の蔓を動かしながら、店主が解説する。あまりに暑いので、冷蔵庫で冷やしただけではもの足りなくて、そのスープを凍らせ、半解凍させたんだそうだ。

「そのレシピにそろりさんがオリジナルの名前をつけたのね。〈傷つかないポタージュ〉、って」

客の質問に、そろりと呼ばれた店主が頷く。自慢げに胸を張るのが愛嬌だ。

「でもなんでこのポタージュが傷つかない、なんですか？」

「そうよ。それは私もまだ聞いていなかったわ」

和希の問いに、客が同調する。するとそろりさんが、ひとつ咳払いをし、くっと顎を上げたかと思うと、

「冷製スープだからです」

とおもむろに言った。

「冷製？」

確かにひんやりしたスープだ。しかもキュウリは体を冷やす効果もあるから、熱中症予

防にもいい、とネットで見たこともある。

「いえ、れいせい、です」

「ん？」

そろりさんの言葉に和希と客がともに頭にハテナをつけた。

「冷やすに静か、の冷静です」

ようやく意味がわかり、二人ともぷっと吹き出す。

「駄洒落《だじゃれ》のつもりなのね」

客がケラケラと笑った。

「冷静でいられれば、ちょっとしたことでも傷つかないってことかしら？」

「その通りです。心が穏やかじゃないから余計傷つくんです。もちろん穏やかでいたって凹《へこ》む時はありますが、凹む度合いが違います。だからなるべく平らかな心でいること、それが大切なんです」

「でも冷製スープなら、たとえばトマトのガスパチョもそうでしょ」

「じゃがいものビシソワーズとか」

和希も加勢する。しかし店主のそろりさんは、腕を組む。

「そこですよ。何せキュウリってすごいんですから」

「そうよね、さっきもそんなことを話していたのよ」

女性客が和希にそれまで話題にしていたキュウリの効能を説明してくれる。和希も頷いて、まだ完治していない湿疹に目を落としながら言う。

「キュウリはビタミンCも豊富で、肌にもいいですよね。だからてっきり私、皮膚の傷に効くって意味かな、なんて思っちゃいましたよ」

和希は夏になると悩まされる皮膚炎のことを話す。

「これだけ暑いとねえ。あれこれ支障が出るのも仕方ないわよね」

励ましが嬉しい。

「ハンカチで拭えば発疹が出ないのはわかっているのに、出す余裕がなくってつい」

和希が汗を拭く仕草を見せた。

「確かに栄養分も豊富なんですけれど、キュウリって体に入った余分な水分を出してくれるんです」

そろりさんがレシピの解説をする。続きを客が促した。

「だから?」

「誰かにかけられて傷ついた言葉や、落ち込んだ出来事を、キュウリの効果で外に出しちゃえばいいんじゃないかなって思いまして」

傷ついた言葉……。

和希はさっきのギャラリーでのことを思い出す。彼女たちはよかれと思ってかけてくれた言葉だ。それはもちろんわかっているし、気にかけてくれたことはありがたい。それでも和希は辛かった。むしろ何事もなかったかのように振る舞ってくれたほうが楽だった。

　口をつぐんだ和希を、客も店主もそっとしておいてくれた。

「夏のはじめに、父が亡くなったんです」

　キュウリのスープを飲み終えて、和希はぽつりと呟いた。また何か面倒な会話になるかもしれないという気が、なぜかその時はしなかった。まっさらな素直さでいられたのは、キュウリのおかげで「冷静」になれたのかもしれない。

「父親って娘にとっては特別な存在なのよね。それはいくつになっても同じことよ」

　客は小さく頷き、和希の気持ちを代弁してくれる。

　睦子と名乗ったこの女性客は、まだ二十代の頃に父親を亡くしたんだそうだ。多感な時期に親を亡くすなんてどんなに辛かっただろう。想像はできても実感はできない。

「今日も知人の個展があって顔を出さなきゃいけなかったんですけれど、坂の下で立ち止まってしまったんです。ここを上るのは辛いなあって。父の話題が出るのも対応に困るし、華やかな場なのに沈んだままもいけない。ちゃんと笑えるかな、なんて考えていたら足が竦んでしまったんです。でもこのお店があったからなんとか上ってこられました」

　照れ隠しに右手でVサインを作った。その指先は、体が冷やされたおかげか、赤い発疹から熱が引いていた。

「上ってこられなければ、我々が下りていくわよ。ね、そろりさん」

そろりさんは「うむ」と腰に手を置き、

「坂の下までスープの出前、承ります」

と大真面目に頷いた。

上れないなら、下りてきてもらえばいい。その言葉が和希の心を軽くした。

「その個展で、いろいろとかけられた言葉が、なんだかかえって辛くて。いちいち傷ついてしまっていたんです」

「だから〈傷つかないポタージュ〉は今日のあなたにぴったりだったのね」

睦子がそろりさんに軽く目配せした。

「でも向こうは私を気遣ってかけてくれた言葉なんです。それなのに素直にありがとう、という気持ちになれなくて」

些細なことをいちいち気にしすぎなのがいけないんですよね、と和希は再び項垂れる。優しい言葉すら受け入れられないなんて、社会で生きるのに不適合な人間なのではないか、とまで思う。そう正直に打ち明けた。

この人たちなら「気にしなくていいよ」とか「そんな言葉無視したら」と言うだろうか、「忘れなさい」と窘められるだろうか。けれどそのどれでもない言葉を睦子にかけられて驚いた。

「あなたは実際にその方々の言葉で傷ついた。それが全てよ。よかれと思ってかけられた言葉かどうかじゃなくて」

「いまはそういう気分じゃない、って言えればよかったんですけれど。でも彼女たちの親切心を否定したりしたら関係が壊れるんじゃないかって思うと、黙っているしかなかったんです」

あの場で自分がそんなことを口走ったらどうなっただろうか、と和希は想像する。辛いから人に当たっているのだと気の毒がられるだろうか、それとも大人げないと呆れられるだろうか。

すると静かに会話を聞いていたそろりさんが、不思議そうな顔で首を傾げた。

「その方たちって、本当にあなたの味方なんでしょうか。自分たちの価値観を押し付けて、いいことしている気分に浸っているだけのようにもぼくには聞こえたんです」

「寄り添う」という言葉は便利だけれど、実際にはとても難しいことだとそろりさんが話す。

「言うは易く行うは難し、です」

これは自分を戒《いまし》めるための口癖なんだけれど、と教えてくれた。

繋がり、絆……。世の中にはそうした便利な言葉が氾濫《はんらん》している。表面上はとても美しい言葉だ。もちろんちゃんと的を射ているときもあるし、心がこもって相手に届くことのほうが多いだろう。でもこういう言葉こそもっと気を配って用心して使うべきだ、とそろりさんは警鐘を鳴らす。

「それにあなたはさっき些細なこと、っておっしゃっていましたけれど、ちっとも些細なことじゃありませんよ。それは立派なストレスです」

そろりさんは断言する。それを受けて睦子が自らに言い聞かせるように前を向いたまま呟く。

「言葉って曖昧よね。摑みどころがないから、なんとなく気に障ったように感じても、するすると通り過ぎてしまうの。それをしっかりと心に留めて考えるようにすることも大切なのかもね」

「言霊《ことだま》っていますからね。言葉は大切にしましょう」

標語のようにそろりさんが言う。まるで「資源を大切に」というのと同じトーンで。

言霊とは言葉の魂のこと。いったん発した言葉には、魂が宿る。それがいいことなら、よりよい力となる。「目標は口に出したほうがいい」などと言われるのはそのためだろう。しかし、場合によっては人を傷つける刃《やいば》にもなるのだ。

他人から受けた言葉は変えられない。いい方向に転換できるのなら、そうすればいい。でも、それがストレスになったのなら、なぜストレスに感じたかを自分に問うてみる。

「嫌だと思った気持ちを誤魔化さないことです。それを言葉にして発するかどうかはその次です」

そろりさんの言葉が和希の強張っていた神経を和らげていった。

「そうね、思うまま、って言えばいいかしらね。そのままでいいのよ。素直な想いのままでね」

心に染み渡るような穏やかな口調で睦子が和希に話しかける。誰かにかけられた言葉に傷ついた。その自分を素直に受け入れる。それだったらいまの自分にもできることだ。

「思うままか……」

頷いていたそろりさんが、

「よし、決めた」

と笑顔を輝かせた。

「何を？」

「このキュウリ、余った分はピクルスにする。それなら夏が終わっても楽しめますからね。キュウリだけのサンドイッチを作るのもいいな」

そろりさんなりの「思うまま」の結論に、和希と睦子の「美味しそう」の声が揃った。

「いつか胸を張って坂を上ってこられるようになるまでは、心の中で出前を取りますね」

和希が二人の顔を見ながら宣言すると、睦子が穏やかな笑みを湛えながら言った。

「大切なのは養生よ」

あった。


「養生ですか？」

からだを労るという意味の言葉が伝えられる。

「そう。私は絵を描く仕事をしているんだけど」

睦子の言葉に、そろりさんがキッチンの柱に目をやった。そこには額に入った鳥の絵があった。

「このドードー。睦子さんが描いてくださったんですよ」

ドードー鳥のクリクリした目がキュートで、パステル調の色合いもこの店にとてもよく似合っている。

「描いたところが汚れないように、紙でカバーしたりするのよ。ほら、手紙を書くときに、書き終えたところに手をついてしまって、紙を汚しちゃうってことあるでしょ」

「ここにインクが付いちゃってですね」

和希は小指の下あたりをさすりながら目を落とす。

「そうそう。そういうのを防ぐためにあらかじめカバーをするの。それが養生」

工事中の建物で、作業箇所以外にシートを敷くことを表現する建築用語でもあるそうだ。

「花や草木に水をやることも養生って言いますね」

そろりさんが会話に加わる。

「傷つかないように、汚れないようにするためには、事前にカバーしておくってことですか？」

「そうね。それに、たとえ傷ついたとしてもリカバリーできるように心を保っておくことも必要ね」

「まさに冷静、ですよね」

メニュー名どおりだ、と前のめりになってそろりさんが口を挟む。

「そのとおり。心の平静よ。人の心にも水やりが大切なのよ」

睦子がジョウロを持つ真似をして見せた。

「さっきの湿疹のお話ですけれど、方策を考えてみたんです」

ぽつりとそろりさんが言う。

「ハンカチを出す余裕がないっておっしゃっていましたけれど、順序を逆にするのはどうでしょうか」

「逆？」

今度は和希と睦子が前のめりになる。

「まずはハンカチを出す。すると気持ちに余裕が生まれるんじゃないでしょうか。慌てていたり、心が窮屈になっていたりする時こそ、ひとつ行為を挟むことが大切なように思うのです。それは自分が傷つかないための養生と同じではないでしょうか」

和希は父を亡くした悲しみの中でもがいていた。早く抜け出さなくてはと焦るばかりで、弱っていた自分を労ることまで頭が回っていなかったかもしれない。一呼吸置く余裕をなくしていた。

「お先に」

睦子に声をかけ和希は席を立った。会計をして財布をバッグにしまっていると、

「これ、ちょっと大きいんですけど」

そろりさんが、キッチンの下からおずおずとアルミのタライを持ち上げた。この間、庭で野菜を冷やしていたあのタライだ。

いきなり目の前に差し出され、和希は戸惑う。

「そろりさんね、すぐにお客さんに変なものを渡したがるのよ。気にしないで」

睦子が笑う。

「変なものじゃないです。タライ、です」

そろりさんは外野の声など無視して、続ける。

「あなたがかけられた言葉は、このタライで洗い流してください。心の傷を洗ってください」

可笑しな表現だったけれど、素直に納得できた。傷ついたら、その都度洗い流せばいい。

「それにここに水を溜めて、自分に水やりするのもいいですね」

和希の意見に、そろりさんがぐっとタライを近づける。

「よくわかっていらっしゃる。使い道は多いですよ」

「嬉しいです。でもこれを持って電車には乗れないので」

「そりゃそうよ」

睦子の声が弾け、和希もつられて笑った。

「タライ、またパントリーに逆戻りかあ」

そろりさんが渋々とタライをバックヤードに片づけに行く。

「ご馳走《ちそう》さまでした」

ドアノブに手をかける和希に、そろりさんが外に目をやりながら声をかける。

「今晩は流星群が見られるみたいですよ」

つられて窓を見ると、嵌まったガラスに自分の顔が映っていた。そこに父がいた。

和希は子どものころから父親似だと言われてきた。そうだ、鏡を覗けば、いつでも父に会えるのだ。そして見かけだけでなく、体質も父譲りだ。熱の引いた人差し指の腹をそっと触った。

「パパ、大好き」

路地を抜けるとき、風が吹いて、あたりの葉をパアッと散らした。そのとき小さな鳥が一羽、顔の前を舞った。

「チチッチチッ」

ハクセキレイだ。いつか父と海で一緒に見たあの鳥だ。このあたりに水が流れているのかもしれない。ハクセキレイは海や川だけでなく、用水路や水辺のあるところなら街中でも見ることができる。

顔を上げると、グレーの体をした鳥が和希のまわりをぐるっとまわった。

「チチッチチッ」

小さく囀ってから、木の向こうに羽ばたいていった。

和希は飛んでいった先をいつまでも眺めていた。日はすっかり暮れ、美しい星空が広がっている。そしてようやく気づいた。今日が父が亡くなってからちょうど四十九日目だったことに。

第三話

時を戻すアヒージョ

出産する夢を見た。

目が覚めて、徳永夕葉《とくながゆな》は、しばらくクロス貼りの天井を眺めていた。

つい数週間前までは、夜中に何度も起きてエアコンのスイッチを入れていたのに、今朝は肌寒いくらいだ。ワッフル地のブランケットを肩までかけ直し、臍《へそ》のあたりでそっと両手を重ねた。

「お腹も大きくなっていないのに、いきなり出産って何よね」

四十を過ぎて久しい。経験がないのだから妊娠や出産がどんなふうなのかはわからない。でも、経産婦の友人の話や机上の知識で、それがどんなに大変なことなのかは想像がつく。

夢の中では、トイレで用を足すよりもすんなりと出産し、「生まれたあ」と軽やかに言っていた。同時に「ああ、自分も母親になるんだな」と込み上げる気持ちだけを、目覚めたあともいつまでも引き摺っていて、そんな自分に驚く。

隣のベッドを見ると、すでに布団は整えられている。首を持ち上げると、冷蔵庫に仕舞い忘れたオレンジジュースのペットボトルが、水滴をまとって置かれていた。

今朝方、夫の大志《たいし》が就寝が遅い夕葉を気遣いながら、玄関のドアを閉める音を聞いたのは覚えている。うっすらと目を開けると、窓の向こうの朝になりきらない淡いブルーの空がブラインド越しに見えた。

「いま、何時だろう」とは思ったけれど時間を確認する気力もなく、再び眠りに落ちた。そのあとで夢を見たのだろう。

今日から三日間の行程で東北地方のお得意先をまわるんだ、と大志から聞いていた。インターネットコンテンツを扱う大志の会社は、コロナ禍がはじまってすぐにテレワークに移行した。感染者数の落ち着いたいまも基本的には出社をしなくてもいい、とされているようだが、大志は週に二、三日程度は電車に乗って、会社に向かう。しばらく自粛していた出張も再開した。

昨夜の会話を思い出す。

「先方が来いって言うの？」

この数年で、オンラインでどことでも繋がる便利さを知ったというのに、わざわざ経費や時間をかけてまで出向く必要があるのだろうか。

「やっぱり対面で話したほうが想いが伝わる気がするんだよね」

と迷いもなく言う大志に、夕葉が茶化した。

「案外古めかしい考えをするよね」

「いや、意外とこれが先進的なんだって」

もちろん業種にもよるだろうけれど、全日出社を強要する会社はさすがに少ないだろう。ただ、大志によると、毎日テレワークをする人よりも、週に数回出社する人のほうが幸福度が高い、という調査報告があるそうだ。

「それに、特に若い世代はコミュニケーションが不足するとメンタル的にもよくないんだって」

ネットリテラシーが低い世代ならいざしらず、二十代の意見だということに驚かされる。

「私には理解できないなあ。ずっと在宅のほうがストレスがかからないに決まってるじゃん」

自分に置き換えて夕葉は言う。

自然素材を使った雑貨やコスメを扱う会社で、ネット通販を担当している夕葉は、在宅で作業ができる、という条件でいまの仕事を選んだ。まだコロナ禍になる前のことだ。

仕事のやり方は、入社当時から変わらない。顧客からの注文を受け、配送指示をする。商品の在庫は会社から離れた倉庫にあるが、出荷は他社の在庫も扱う倉庫側が一括して請け負ってくれる。夕葉はパソコンの前で全ての業務を遂行できる。

ただし、コロナ禍を境に変わったことがある。注文数だ。それがぐっと増えた。業績がぐんと上がったのは、巣籠もり需要と呼ばれる現象のおかげだ。それに加え、ＳＤＧｓをはじめとする持続可能な環境への関心から、夕葉のメーカーが扱うようなオーガニックな商品が注目されるようになったことも一つの要因だ。

特にコスメは自社でオリジナル商品を開発し、それがインスタなどのSNSを中心に広まった。

肌や地球の負担になるようなものは一切入れない、それは社長の水上《みなかみ》の信条だ。

「成分表を見れば、一目瞭然」

合言葉のように購入サイトでも強く謳っている。

夕葉もいまの会社に入社する前は、化粧品やスキンケアアイテムを選ぶのに、成分など気にしたことはなかった。「美白」や「保湿」などの効能が選ぶ基準であり、どんな成分が入っているかなど知ろうともしなかった。

パッケージを見れば、辛うじて読み取れる程度の小さな文字で、成分がずらずらと表記されている。そういうものだと疑わなかったし、むしろたくさんの成分が含まれているほうが、効果があると思っていた。

夕葉はゆっくりと体を起こし、洗面所に向かう。水の冷たさに驚きながら洗顔し、肩を竦める。鏡の脇の扉を開け、いくつか並んだコスメの中から自社の化粧水を手に取った。

パッケージの裏には十に満たない程度の成分が記されている。どれも自然由来のものだ。

これが顧客の安心を呼ぶ。即効性はなくとも、肌本来の機能を高めるサポートをする。特にアレルギーに敏感なユーザーからは特段の信頼が置かれている。

とろみのない液体を手のひらに載せ、両手で馴染ませる。ひんやりとした化粧水がやがて体温に近づく。両手をそっと頰に置き、ゆっくりと顔全体に広げると、ほのかなラベンダーの香りに包まれた。すっと息を吸い込むと、体の中から潤《うるお》うような気がした。

使い終えた化粧水をラックに戻す。ラベルに印刷されたラベンダーのイラストは、夕葉が描いた。通販サイト内で使われているカットやアイコン、ギフト用包装の地紋なども夕葉に任されている。

来春には新商品の美容オイルが発売される。パッケージデザインもそろそろ詰めていかなくてはならない。頭の中でスケジュール管理をしながら、夕葉はリビングのシェルフ脇の充電器からスマホを取り上げた。

かつてはベッドサイドにスマホを置いていたが、手持ち無沙汰に動画サイトを眺めているうちに、うっかり朝を迎えてしまうこともあった。もともと深夜作業が多く、夜型の夕葉だが、さすがに昼夜が完全に逆転するのは心身によくない。意識してスマホを遠ざけるようにしてから、寝付きがよくなったように感じる。

充電が満タンになったスマホには、メッセージの受信を示すマークが点灯していた。タップすると、夫から数枚の画像が届いていた。

〈着いたらこの景色〉

東北はそろそろ紅葉かも、と話していたが、予想が的中したようだ。

〈すごいね〉

アニメーションになったスタンプを添付すると、デフォルメされた小鳥のイラストが羽をバタバタさせた。

アプリを閉じようとして、別のメッセージが届いているのに気づいた。実家の母からだ。

〈梓《あずさ》ちゃんがミキちゃん連れて遊びに来たいんだって。来週の日曜、来られる?〉

実家までは一時間弱の距離だ。雨戸の調子が悪いだの、ストーブを出したいだのと細かな用事で気軽に呼ばれる。休みくらいゆっくりしたいが、もう若くはない両親のために、できる限りサポートはしたい、とは常々考えている。

〈行けるよ〉

来週末は、美大時代の先輩の個展の手伝いにボランティアとして駆り出されていたけれど、サポートスタッフは他にも何人かいる。事前に連絡をしておけば、一日欠席したところで迷惑をかけるというほどではない。

〈昼前には来て。赤ちゃんの面倒をみるなんて老夫婦には無理だから〉

了解、と親指と人差し指を丸めたオッケーのマークのスタンプと一緒に送信した。スマホを閉じようとしたら、メッセージの受信が続いた。

〈ミキちゃん、ひとつになったと思う?〉

梓の子どもが一歳になったか、との質問だ。親とのメッセージのやり取りには若干の言葉の補足が必要だ。

〈まだでしょ〉

記憶をたぐり寄せながら返信した。

幼馴染の梓から出産の報告があったのは、確か春になったばかりの頃だ。その数ヶ月前に届いた年賀状には、そんなことには一切触れていなかっただけに驚いた。

梓は夕葉よりもひとまわり年下だ。結婚当初から熱心に不妊治療をしていたことは聞いていた。その期間が長くなるにつれ、次第に話題から避けるようになっていた。

はっきりとは聞いていないけれど、何度か流産もしたようだ。おそらく、無事に生まれるまでは不安で、報告できなかったのだろう。

お祝いのメッセージを送ると、産着にくるまれた新生児の画像が大量に送られてきた。

〈コロナが落ち着いたら会いに行くね〉

そう返信しながら、コロナ禍がもたらした新しい常識にそっと感謝する。

〈水摘輝《みつき》を夕葉ねぇに抱っこしてもらいたいー〉

間違い探しかというくらいに同じような写真を比べると、微妙にアングルが違うようだった。

数ヶ月前のそんなやりとりを思い出している間も、母からのメッセージがしつこく続く。

〈お祝いにお洋服でも買おうかと思っていたけど、サイズがわからないもんね〉

〈新生児はすぐに着られなくなって、洋服はあんまり嬉しくないみたいだよ。やっぱり現金がいいでしょ〉

なんだかんだそれが一番嬉しいのだ。夕葉は釘を刺すように続けた。

〈子どもの名前、水摘輝ちゃんだからね。みつき。間違えないようにね〉

母はいつになっても梓の娘の名前を覚えない。

〈ミキちゃんで通じるでしょ〉

母に覚える気はさらさらないようだ。他人が自分の娘のことを「ゆうは」だの「ゆは」だのと間違って呼んだとしたら、快くは思わないくせに。

〈だって覚えづらいんだもん。漢字も難しくて頭に入らない〉

どう読めばそうなるのか、と頭を捻りたくなるような名前が多い中、水摘輝はいいほうだ。敢《あ》えて覚えないようにしているのではないか、と勘ぐりたくもなる。


梓の実家は彼女の祖父母の代から続く洋菓子店だ。おしゃれで凝ったスイーツが並ぶ店ではなく、昔ながらの街のケーキ店だ。店は夕葉の家のほど近くにあり、誕生日やクリスマス、あるいは来客時などに利用するうちに家族ぐるみで親しくなった。

一人娘の梓を、営業中に夕葉の家で預かることも多く、そんな時には夕葉が梓の遊び相手として任命された。当時から絵が得意だった夕葉は、クレヨンや色鉛筆を使って、梓の好きなキャラクターや本人や家族の似顔絵を描いてあげた。一人っ子の夕葉は、「夕葉ねぇ」と慕ってくれる梓のことを、本当の妹ができたようで嬉しかった。

代替わりをするタイミングと梓の高校進学が重なり、一家は梓の母親の実家のある他県に引っ越し、店も移転した。それ以降も交流は続き、学生時代のバイト先で知り合った相手と梓が結婚したときは、夕葉一家も式に呼ばれた。

夕葉が結婚したのは、梓よりもあとだ。夫の大志とは友人の紹介で知り合った。

十年ほど前、出会ったときにはお互い三十代の半ばで、すでにそれぞれの暮らしの基盤ができあがっていた。互いの一人暮らし歴も長く、生活スタイルや嗜好《しこう》の摺り合わせを一からしていく必要性を感じなかった。

もちろん結婚するのだから、これまでのように勝手気ままという訳にはいかない。自立している領分を保ちつつ、一緒に生きていく人生は想像できた。けれどもここでさらに新しい家族を迎え、人生を組み立て直す想像はし難かった。

ともに仕事の忙しさのほうが先立ち、早々に子どもを作ることは諦めた。

いったんそうと決めてしまうと、かえって人生が見通せ、清々しい気持ちがした。

――両親は孫を抱きたかったろうか。大志は本当は父親になりたかったかもしれない。

そういう気持ちが全くよぎらない、と言えば嘘になる。

夕葉はさっきまで見ていた夢の真意を考えていた。夢は深層心理だという人もいれば、目が覚める直前に感知した音に関係しているという説もある。もちろん特に意味はないのかもしれない。子どもなんていらない、そう思っていたはずだ。

でも浮き立っていた心は、夕葉の意志に構うことなく躍り続けていた。

「実際に妊娠が判明したときは、こんな気持ちになるのだろうか」

疑似体験をさせてもらった気分だ。もしこの年齢で出産をしたら、ちょっとしたニュースになるだろう。笑いが漏れた。

＊

そろりがキッチンでさっきから指を折りながらぶつぶつとなにやら唱えています。

「舞茸、しめじ、えのきにエリンギ。椎茸、マッシュルーム……」

なにかの魔法の呪文かと思いきや、秋に収穫されるキノコの種類を暗唱しているようです。

キノコといえば、「喫茶ドードー」の庭にも生えていたりするのですが、野生のキノコは種類の見分けが難しいのです。うっかり毒のあるキノコなどを食べたりしたら大変です。

ですから、もちろん八百屋やスーパーで仕入れてきています。

「キノコのタルトは焼いたし」

ええ、昨年の秋には定番のようにしばしば焼いていましたね。

「キノコのパスタ、キノコのホイル焼き、キノコのカレーもいいな」

ああ、どれも魅力的です。お腹がグゥーッと鳴りそうです。

「あとは、キノコのアヒージョ」

オイルとガーリックでキノコを煮込んだスペイン料理のことですね。パンを浸して食べたらとても美味しいでしょう。

「ん？　アヒージョ？」

そろりはどうやら語源が気になるようです。辞書をささっとめくって、

「なるほど。アヒージョ（ajillo）とはスペイン語で『刻んだニンニク』のこと、か」

それは知りませんでした。

＊

「コスメユーザーのアンケート企画の件だけど、来月一日スタートいけそうですか？」

オンラインで行われている月曜の定例会議で、社長の水上から夕葉に声がかかる。

「フォーマットは出来ていますから、シミュレーションを終えればすぐにいけます」

夕葉が答え終わると、アプリ上で坂口妙子《さかぐちたえこ》にメンションする。

「雑貨はどう？　オーガニックコットンのブランケットの在庫確保できそう？」

「想像以上に注文が来ているんです。このままだと週末には在庫がなくなりそうなので、追加の発注を急ぎます」

ここ数日、冷え込んだせいだろう。ブランケットやストールの注文が急に増えた。

オンラインショッピングは、主にコスメを担当する夕葉と雑貨類全般を担当する妙子の二名体制で運営している。妙子はもともとは商品開発やバイヤーとの調整などを担当していたが、二年前、出産を機に、在宅で仕事のできる部署に異動希望を出していたようだ。

夕葉ひとりでこなせない仕事量ではなかったけれど、妙子の異動理由に対して、「誰もが働きやすい職場づくり」を掲げる水上に異論はなかった。同時に夕葉にも異動の打診はあったが、やはり在宅メインと考えると、他の部署に移る選択肢はなかった。

「坂口さんがオンラインのフォローに回れば、徳永さんにイラストやデザインを発注しやすくなる」

と水上に言われたおかげで、やりがいが増えたようにも感じた。

サイトやパッケージのカットは社内に絵を描ける人間がいるから外注せずにすむ、という消極的な理由で夕葉に回ってきているのはわかっていた。それでも絵を描かせてもらえるのは嬉しかった。

夕葉が美大を出て新卒で就職したのは、就職情報誌の制作を請け負っていた編集プロダクションだ。そこにデザイナーとして雇用された。今でこそ情報誌はネットにおされ、その立ち位置を失っているが、夕葉が入社した当時は広告主も紙面での掲載を重視していた時代だ。

モノクロの限られた枠内でどれだけその会社の魅力を伝えられるか、デザイナーにもセンスが求められた。夕葉はフォント選びや添えるイラストで明るくかつ清潔感のあるイメージを作るのが得意で、社として一括で請け負うことが多い中、夕葉を個人的に指名する取引先もあった。

しかし、少ない人数で毎週出版される雑誌のレイアウトをするのは楽ではない。しかも鮮度が大切な情報誌だ。締め切りは常にタイトで、印刷直前の差し替えなども日常的。いつでも対応できるようにと、大げさではなく二十四時間働いていたこともある。

四十代に差し掛かる頃、さすがに体が音を上げた。いや体の前に心に負担が来た。いつものように出社しようとして、一歩も動けなくなった。会社を半年ほど休んだ程度で社会復帰できたのは幸いだった。これまでのように働くのはやめよう。そう決意し、いまの会社に転職した。

夫の大志が夕葉の休職中も、さほど気にせずに普段と変わらず接してくれた。日常にすんなり戻れたのは、彼のおおらかな性格のおかげだったといまも感謝している。

その週末は、からりとした秋晴れになった。

梓に渡す手土産の買い出しを母から頼まれ、途中のターミナル駅で降りる。

〈日持ちがして、小分けのもの。赤ちゃんは食べられなくてもいいけど、甘党も辛党も好むもの。みはる洋菓子店で売っているもの以外〉

母の要望はなかなかに厳しい。「みはる洋菓子店」は梓の実家のケーキ店の名前だ。似たようなものでは失礼になるのは、指示されるまでもない。夕葉はネットで検索し、和菓子を現代風にアレンジした商品を見つけた。その店の最寄りがこのターミナル駅だ。

白木《しらき》の格子戸《こうしど》に取り囲まれた清潔感のある路面店はすぐに見つかった。そこでマロングラッセを栗餡でくるんだ菓子を買い求め、少し離れた地下鉄の駅に向かう。

近道になるかと裏通りを使ってみる。通りすがり、隠れ家風のカフェの看板が出ていた。本日のおすすめとして〈きのこのアヒージョ〉と書かれている。

「もうそんな季節か」

四十歳を過ぎてから、一年がとても早く感じられるようになった。しかもこの三年近くにわたるコロナ禍で、月日がぽっかり宙に浮いてしまったようにも感じて、気が急く。

空にはうろこ雲がたなびいていた。早めの七五三だろう。晴着姿の家族連れとすれ違いざま、いい天気になってよかったね、と心の中で声を掛けた。

実家の玄関先で靴を脱いでいると、父が出迎えてくれる。

「おお、帰ってきたか。母さんがお待ちかねだぞ」

夕葉がやれやれとダイニングに顔を出すと、母に尋ねられる。

「テーブルクロスどっちがいいと思う？」

いきなり相談案件だ。

「こっちでいいんじゃない？」

手にする二枚のクロスのうち、夕葉が適当にサーモンピンクを指差すと、母は困ったようにため息をつく。

「でも赤ちゃんに汚されちゃっても困るのよね。これお気に入りだから」

「じゃあ、花柄のほうにしたら」

と夕葉がもう一枚に触れると、母はそうよねと頷きながらそそくさとテーブルに広げる。

要は承認が欲しいのだ。

「お食事は高砂《たかさご》寿司さんに出前をお願いしているから、食後にフルーツね」

すっかり用意万端だ。母がキッチンから運んできたフルーツ皿に夕葉の目が釘付けになる。

「シャインマスカットじゃん。奮発したねえ」

黄緑色の大粒のブドウが二房、デンと皿の真ん中に盛られ、カットフルーツがまわりを取り囲んでいる。

「大人二人分ならこのくらいでいいでしょ」

花柄のテーブルクロスにブドウの色が映えている。取り合わせの確認をしたのだろう、母が満足げに眺めている。

「二人？」

いったん出した皿を、母が冷蔵庫に戻しているのか、キッチンからくぐもった声が聞こえた。

「そう、パパさんも一緒に来るって」

梓とその夫、それから両親と私。大人は総勢五人になるはずだが、そもそも我々は高級ブドウを食べる頭数には入っていないようだ。

母がパタパタと準備に追われている一方、父はのんびりとステレオの前に立って、BGMに流すレコードを選んでいる。もてなし好きの母とマイペースながらも人好きの父。来客前のいつもの光景が広がる。

約束の十一時半きっかりに、玄関のインターフォンが鳴った。

梓は結婚後も、夫婦で何度か夕葉の実家を来訪してはいたけれど、それにしても会うのは何年ぶりだろうか。玄関先に現れたのは、すっかり落ち着いた女性だ。時折会っているのに頭の中の記憶は一向に更新されない。出会った頃のままで止まっている。

それでも自然素材のワンピースを纏った姿には、草原で花摘みでもしてきたかのような少女っぽさが残る。梓の腕の中でおくるみに包まれた赤ちゃんが、くるりと体勢を変えた。

「ちょっとおねむみたいで」

「大きな目だね。梓似の美人になるねえ」

とりあえず母親に似ている、と言えば正解だと知っている。正直、赤ん坊の顔なんて大きな差はない。この先、どんどん変化していく。夕葉が梓の胸元を覗き込んでいると、

「抱いてやって」

と梓は赤ちゃんを夕葉に渡そうとする。首は据わっているのだろうか、誤って落としてしまわないだろうか、扱い方がわからず戸惑う。

「うん、あとで」

「夕葉ねぇに水摘輝を会わせたいってずっと言っていたんですよ」

車を駐車場に置いてきたばかりの梓の夫の晃一《こういち》が、靴を脱ぎながら笑う。

「だってえ、夕葉ねぇは水摘輝の伯母さんだもんねー」

梓は甘ったるい声を腕の中に送った。

「伯母さん？」

「夕葉ねぇにとっては妹の娘だもん」

年は重ねているとはいえ、子どもすらいない自分が他人から「おばさん」呼ばわりされるのに慣れていない。

「そうだね」

笑顔が引《ひ》き攣《つ》っていないことを願いながら、夕葉はリビングから玄関先に出てきた母の顔を窺う。

すると母が、見たこともないような、穏やかな笑みを湛え、溢れんばかりの慈愛を水摘輝に注いでいた。

「本当にねえ」

リビングのラグに腰掛けると、梓が赤ちゃんを抱き直し、顔を両親に向けた。

「おばちゃんは水摘輝のおばあちゃん、おじちゃんはおじいちゃんだよ。孫だと思ってくれていいからね」

そんなことを言われて気分を害するだろうと思ったのに、父も母も嬉しそうだ。

「まあ、突然こんなに可愛い孫が出来ちゃったわ」

母の華やぐような声がリビング内を舞った。

「なんだか実家にいるみたい」

ラグの上で足を崩した梓が寛いだ笑顔を見せた。

十二時になると近所の高砂寿司から出前が届いた。寿司桶の寿司をつまみながら、梓が水摘輝が生まれるまでの苦労を話した。懐妊してからも、切迫流産の虞《おそ》れがあったことなどをリアルに聞かされると、体の奥が痛むような感覚に襲われ、出産経験のない夕葉は逃げ出したくなる。

晃一は、水摘輝に慣れた手つきで持参した水などを飲ませている。

「まあ、パパさんが面倒みてくれるのねえ」

それを見て母が目を細め、俺なんか何もしなかったぞ、と父が自慢することでもないのに得意げに言った。

食後に母がフルーツ皿を出すと、梓の声のトーンが上がった。

「わあ、ブドウ。水摘輝の大好物だもんねー」

「もう食べられるの？」

母が目を丸くする。

「うん。もうすぐ七ヶ月だからね。少しずつ離乳食が始まっていて、ブドウも細かくすれば大丈夫なの」

梓は器用に皮を剝いていく。食前に出した紅茶のソーサーに置き、スプーンでぐにゃりと潰すと、汁がソーサーに広がった。

形状がなくなったシャインマスカットを、梓が持参してきた幼児用のスプーンで水摘輝の口に運ぶ。味がわかるのか、水摘輝が満足そうに口を動かした。

「まあ、上手に食べられるのねえ」

母が大袈裟に感嘆の声を上げていた。


満腹になったのか、腕に抱かれたまますっかり眠ってしまった水摘輝を、晃一が和室に連れていく。母が甲斐甲斐《かいがい》しくバスタオルを敷くと、晃一がそっと腕を傾けて寝かした。

その様子をリビングから見ていた夕葉に、声を潜めながら梓が声をかける。

「大志さんは今日は留守番?」

「火曜まで出張」

「また出張?」

母が呆れたように言う。

「そんなに出張ばっかりだったら、子どもなんて出来るはずないわね」

独身の頃は外泊どころかちょっと帰りが遅くなるだけでもうるさかったくせに、結婚したらしたで「子作り」だの「妊活」だの言われて、返事に困る。

まともに取り合わずにいると、

「でも、僕の学生時代の仲間にも、子どものいない夫婦がいますけど、いつまでも恋人同士みたいに仲がいいんですよ。子どもがいなくても幸せな場合もありますから」

晃一がフルーツ皿に手を伸ばしながら無邪気に笑った。

「私たちも今回うまくいかなかったら諦めようって話していたんだ。子どものいない人生の中で幸せになれる方法を見つけようって」

胸に手をやりながら梓が言うと、晃一も顔を合わせて頷く。

「うちはたまたま授かっただけですから」

晃一が勝ち誇ったような笑顔を夕葉に見せた。

夕葉がキッチンに立ってお茶をいれていると、梓が手伝うね、と横に並ぶ。

「晃一さん、すっかりいいお父さんだね。あんなに甲斐甲斐しく面倒みてくれて安心だね」

水摘輝が寝ている和室に座って、ブランケットをかけ直している晃一をチラッとみやって夕葉が言う。

思いがけない間があってから、小さく頷いた。それきり梓は口をつぐんで寂しげな表情を浮かべた。妙な沈黙を埋めるために夕葉が明るく話しかける。

「生まれるまで大変だったんだから、かわいくて仕方ないんじゃない？」

「うん。だから水摘輝には何でもしてあげたいんだ。本人が喜ぶようにゆったり育てたい。

それで思いっきり甘やかしちゃう」

昔から変わらない愛くるしい笑顔を見せた梓に安心する。

湯呑みを並べると、梓がおずおずと話しかけてきた。

「もしよかったら私たちの通っていた不妊治療の医師を紹介しようか。四十代での出産も諦める必要ないよ」

都内にある医院に、いまも定期的に検診に通っているという。

「うちはいいかな」

夕葉は適当に濁す。

「一度、大志さんも検査してもらってみたら？　不妊って男性が原因なのが割合的にも多いんだよ」

悪気がないのだ。本人は親切心で言ってくれているのだろう。大きなお世話だ、とはとても言えない。

結婚した夫婦には子どもがいるのが当たり前だという風潮が、いまだに蔓延《はびこ》っているのはなぜだろう。

時代は変わり、男女が平等に社会に出ることに疑問を持つ人はいないのに、なぜ子どもに関しては「いる」が前提になるのか。

「いなくてもいいじゃない」、「いない生活もいいよね」と慮っているつもりなのだろうが、そもそも慰められる必要がない。

にもかかわらず、なぜいないのか、子どもはいらないという道をなぜ選んだのか、その理由を述べる必要に迫られる。

かと思えば、不自然なまでに気遣われたりするのも面倒でならない。

夕葉が黙っていると、梓が話題を変えた。

「そういえば夕葉ねぇの会社のコスメって最近人気なんでしょ」

パッケージも夕葉が手がけていることも知って、サイトを見てくれたらしい。

「敏感肌のお客さんやオーガニックな意識の高い人たちが選んでくれているみたい」

「気になっているんだよね」

と梓が口にした。

「自然由来の成分で、赤ちゃんにも安心の処方だから、サンプル送ろうか？」

家族で使ってくれるユーザーも多い。気に入って使ってもらえたら嬉しい、と夕葉は伝えた。

「ありがとう。でも水摘輝、いまは産科で知り合ったママ友が教えてくれたベビーコスメを使っているから」

やんわり断られ、まるでこちらが前のめりに営業したようで恥ずかしくなる。

——気になっている。

便利な言い回しだ。「欲しい」でもなく「買いたい」でもなく、ただ「気になっている」だけ。どこか上から見られているような、嫌な後味が残った。

リビングに戻ると、枝だけになったブドウが皿で無造作に転がっていた。その横で潰れた粒が汚らしく散乱している。

「ずいぶんいっぱい食べられたんだね」

夕葉はそっと皿をテーブルの脇に避け、湯呑みを置いた。

＊

「喫茶ドードー」の庭に色とりどりの葉が散る季節になりました。

竹箒《たけぼうき》を片手に、そろりは庭の真ん中に突っ立っています。昨年は、積もる落ち葉を、庭全体に敷き詰めていましたっけ。落ち葉の絨毯にお客さんが座ったりもしていましたね。

月日の経つのは早いものです。

さ、箒で均《なら》すのを見守りましょう。と思っていると、あれ、どうやら違うようです。箒を使って、ひとところにまとめています。

「うーむ。たき火をしたいところだな」

しかし、ここはたき火をするには少しばかり狭い敷地です。風も強く、火が大きくなっては危険です。そろりもそれはわかっているのでしょう。

「ここに集めておくか」

と、庭の片隅に置かれた木切れで作った箱の中に、器用に手で掬いながら入れていきます。葉はずいぶんたくさんあったように見えましたが、箱の半分にもなりません。そろりは覗き込んで、「まだまだだな」と、肩を落としました。

この箱を目一杯にするのでしょうか。それにはしばらくかかりそうです。

＊

通販サイトに妙な書き込みがあったのは、都内にも銀杏の葉が舞いはじめた頃だった。夕葉はいつもよりも早い秋の深まりを実感していた。

「原料の産地での状況をご存じですか？」

開発中の美容オイルの紹介記事を掲載したときだ。

サイト内のブログページはコメントが書き込めるように開放してある。問い合わせ専用フォームがあるので、成分や納期、在庫状況などの具体的な質問はそちらに来る。誰もが読めるブログには、たいてい新商品を掲載すると「パッケージかわいいですね」とか「プレゼントにしたいです」といった当たり障りのないコメントが付く。

こうした踏み込んだ書き込みは珍しいが、わが社がコスメに使用している原材料は、無農薬の農場で作られたものを使用している。

「コメントありがとうございます」のあとに、包み隠さず産地名を明記した返信をアップした。

「現地での労働環境に問題があるかもしれません。それに配送と製造段階にかなりのCO_2が排出されているはずです」

と瞬く間に返信コメントが付いた。

クレームではなく、あくまでも意見というスタンスの言葉遣いに救われたが、すぐに社長案件となった。取引先の商社が調べると、書き込みのとおりの実情が判明した。

グリーンウオッシュ。それは環境に配慮していると謳っている商品が、原料の調達から廃棄まで全ての過程に於いて見たときに、エコではなく、消費者に誤解を与える事例を言う。

例えば、「エコバッグ」と呼ばれる布のトートバッグ。このバッグを製造販売するまでに生ずる二酸化炭素量は、プラスチックのレジ袋の五十から百五十倍だという。夕葉もテレビ番組でそれを知った時には驚いた。

「自分がエコだと思っていたものが見せかけなんて」

愛用していたコーヒーショップのリユースカップを手放した。

それがまさか自分の会社の商品でも行われているとは思ってもみなかった。ショックだったのは当然、社長の水上も同じだったようだ。

「含まれる成分や材料のことばかりに目を向けていて、実際に加工する段階に至る過程にまで神経が行き届いていなかった」

サイトで陳謝するだけでなく、急遽開催されたオンラインの全社会議上で、我々従業員にまで頭を下げた。対応が早かったのと、これまでの企業イメージのおかげで、大きなダメージにはならなかった。丁寧な説明に、ユーザーからはクレームよりも、励ましや応援のコメントが寄せられた。

当面はコスメの扱いを自粛し、雑貨のみを展開することとなった。開発中の美容オイルもいったん白紙に戻した。誠意のある素早い対応は水上らしかった。

ただ水上から、「話がある」とメッセージが届いたときは、なんとなく嫌な予感がした。通販サイトでもコスメの扱いはなくなる。人員が余剰なことは明らかだった。

案の定、オンライン越しに「通販は坂口さんだけに残ってもらう」と通告された。経費の削減や流通コストの見直しなど、人員を減らさない方策を懸命に考えたという。それでも人員整理をせざるを得なかった事情は夕葉にもよく理解できた。最善案として、夕葉には イラストやデザインを継続してお願いしたいとフリーでの契約を打診され、受け入れた。通販以外の部署でも数名に退職勧告がされているという。

「僕の力不足だ」

水上は顔を歪ませた。苦渋の決断だったのだと伝わった。

その後、妙子を含めた三人でのオンライン会議が開かれた。

コスメは夕葉の担当だったからこうなるのは仕方ない。でも、もともとは夕葉ひとりで仕切っていた通販部門に、妙子が途中から入ってきたのではないか。やりきれなさが画面越しに伝わったのだろう。

「ごめんなさい、私がこんなで」

妙子が神妙に目を落とした。

「実はね、社内では公表していないんだけど。坂口さん、いま、シングルなんだよ」

水上が深刻な表情で声を潜める。

「シングル？」

全く知らなかった。驚いて夕葉は聞き返す。

「子どもが生まれてすぐに離婚したんです」

実家の援助を受けながら、ひとりで子育てをしていると妙子は言う。

「シングルマザーなんていまどき珍しくないですよ。隠す必要もないのに」

夕葉は励ますつもりで咄嗟に口にする。

「それはそうじゃないから言えるんです。それに徳永さんは絵が描けるからいいじゃないですか。私なんて他に能力もないし」

妙子に投げやりな口調で返された。絵で食べていけるほどに実力があったら、自分だってとっくに独立していたはずだ。嫌みにも聞こえ、行き場のない想いが込み上げてくる。

「お子さんを育てなきゃいけないから、定期的な収入が必要なんだよ」

水上が妙子の肩を持つ。なだめられているのが悔しかった。

「なんで子どもがいるってだけで優遇されるんでしょうか。うちだって夫ひとりの稼ぎでは、ゆとりもないんですよ」

同情を買いたかったわけではない。ただ夕葉の実情も理解してもらいたくて、自然と口調が強くなった。

「でもそれって食べていかれないほどではないですよね。子どもがいなくてダブルインカムなんて私から見たら贅沢ですよ」

険しい顔で妙子に言い放たれ、夕葉は返す言葉がなかった。

引き継ぎに関しては、後日改めて調整する、という水上の言葉を合図に画面は閉じられた。

退職するのは夕葉だ。オンラインじゃなかったら顔色を見ながら、お互いもっと気遣う言葉がかけられたのだろうか。それともオンラインだから浅い傷の付け合いで済んだのだろうか、画面を閉じれば日常に瞬時に戻れる。でも傷はそれなりに痛む。

夕葉はいつか見た出産する夢のことを思い出していた。あのときの夢から覚めたあとの心の揺れのように、何とも整理のつかない気持ちだけが浮遊していた。

今夜も大志は出張で不在だ。

スーパーに行ったら、店頭にさまざまなキノコが山積みになって売られていた。値段は手頃だが、調理法が思いつかない。惣菜《そうざい》売り場を回っても、魅力的に感じるものがない。

「きのこのアヒージョ……か」

ふとそんな料理が頭をよぎる。梓への手土産を買いにいった時に目に入ったカフェの看板に書かれていたメニューだ。

フリーランス契約になれば収入は減る。他にバイトを探さなくてはならない。退職金や失業保険が貰えるかもしれないが、しばらくは節約する必要がある。でも一人分だけ作る材料費と手間を考えたら、外食のほうがかえって安上がりな場合もある。

いったん腕にかけたスーパーのカゴを置き場に戻し、店を出る。ターミナル駅に向かった。

駅ナカの衣料店に人の列ができていた。何だろうかと近づくと、店頭に〈エコ週間〉という大きな張り紙が出ていた。

使いかけのコスメや着古した洋服を持参すると、クーポン券を貰える仕組みらしい。いくつもの紙袋や膨らんだエコバッグを抱えて並んでいる人たちの多くは若い世代だ。シンプルさがよりファッショナブルさを醸《かも》し出すような装いに、自信が漲《みなぎ》っている。シヨップのポスターにスマホのカメラを向けている人も多い。自分が地球に優しいことをしている。そう信じて疑わない彼らの姿を遠巻きに見ながら、夕葉はグリーンウオッシュのことを考えていた。上辺だけのエコを防ぐには、それが本当に正しいエコなのかと、疑問を持つことが大事だという。消費する際のことだけでなく、製造や供給過程にまで考えを巡らす必要がある。夕葉は、自社製品に対するユーザーの書き込みをきっかけに、改めてグリーンウオッシュに関する本を読んだり記事を検索したりした。それによって自分がこれまでいかに見せかけだけのエコでいい気分になっていたかを知った。

駅を出て坂道を上る。アヒージョを出していたカフェは、確か大通りから横道を入ったところだったはずだ。記憶を頼りに歩いていくと看板にぶつかった。

「『喫茶ドードー』っていうんだ。かわいい名前」

店名の下には〈おひとりさま専用カフェ〉と添えられている。子連れはどうなるのだろうか、などと余計なことを考え、おそらくお子さまお断りだろうな、と都合よく解釈する。

いくつかのメニューとともに書かれた本日のおすすめは、先日同様に〈きのこのアヒージョ〉だ。目当てのメニューにほくそ笑んで、店に続く路地を入ろうとして、「あれ？」

と、改めて看板を見る。

〈きのこの〉ではなく〈きのうの〉となっていた。

「きのうのアヒージョ？　書き間違えかな」


路地を進むと、コンパクトな庭が現れた。まわりに茂る木々は黄や赤に紅葉していて、パラパラと落ち葉が散っていた。テーブルセットも出ているから、この庭も客席なのかもしれない。日が落ちると肌寒くはなったけれど、自然に囲まれた席で食事をするのも気持ちよさそうだ。

そう思いながら、店舗らしき建物に向かう。古い一軒家のドアは水色で、鈍い金色のノブが付いていた。ギイーという音をたててドアを開けると、背の高い男性が顔を出した。

「いらっしゃいませ。ようこそ喫茶ドードーへ」

薄暗い店内には客はいないようだ。

「外でもいいですか？」

と夕葉は聞いてみる。男性は快く案内してくれながら、この店の主だと伝えられる。

「そろり」という愛称で呼ばれているんだ、と自己紹介された。

庭の片隅に置かれた鉄製の椅子に腰掛けながら、夕葉は店主のそろりさんに看板のことを指摘する。

「そういえば、表のメニュー名、書き間違っていましたよ。きのこじゃなくて、きのうのアヒージョってなっていました」

「いいえ、間違っていません」

マスク越しでもわかるほどにそろりさんの頬がぷっくりと膨らんだ。

「〈きのうのアヒージョ〉、でいいんですか?」

夕葉は改めて尋ねると、自信ありげに大きく頷いた。

「〈きのうのアヒージョ〉です。召し上がりますか?」

「昨日のカレー」は聞く。カレーはじっくり煮込んだ翌日のほうが美味しい、と言われる。つまり〈きのうのアヒージョ〉も味が染みているということだろうか。

注文して、あらためてまわりを見回すと、中庭の奥に木箱が置かれていた。何だろうか、と席を立って覗いてみると、中には落ち葉が山盛りになって入っていた。

どこからかカタコト音がすると思って顔を上げると、バスケットがロープを伝って動いている。滑車を使ってキッチンから外の席まで料理を運ぶ仕組みになっている。どうやら店内の柱と、庭の真ん中に立っている楡の木の幹とを、ロープで繋いでいるようだ。

不恰好に揺れながら動く姿がなにやら健気だ。店舗からそろりさんが顔を出し、「ご自分で受け取ってください」と声をかけた。

夕葉は席に戻り、バスケットを滑車からおろす。中にはパスタ皿の料理のほかに、カトラリーセットにブランケット、それからキャンドルとそれを灯すためのライターも入っていた。

いそいそとテーブルにセッティングしながら、夕葉はハッと気づく。

「あれ、パスタ?」

注文したのはアヒージョだったはずだ。でもそんなことはどうでもよくなっていた。きのこパスタに、グリーンの葉が散らされている。パセリかと思ったが、香りが強い。食べてみるとエスニックな風味がした。千切ったパクチーだ。苦手な人も多いと聞くが、夕葉は大好きだ。

ガーリックが効いた中に、複雑な旨みも感じる。シンプルに見えるけれど、凝っている。夕葉はガーリックオイル仕立てのきのこのパスタをじっくり味わいながら、妙子にかけてしまった言葉を思い出していた。

子どもがいるのが当たり前だと言われると嫌な思いがする自分が、子どもがいるだけで優遇される、などと決めつけるようなことを口走っていた。結婚している人が独身はいいな、と気軽に言ったり、逆もしかり。その立場にならないとわからないこともあるのに、平気でそんな言葉が口を衝く。

それでもたまに思うことがある。

子どものいる人は、それが生きる支えになるだろう。でも子どものいない我々はどうだろうか。夕葉は両親がいなくなったあとのことを想像する。たとえ自分がいなくなったとしても、大志は寂しがるだろうが、それだけのことだ。自分が存在する意味は何だろうか。

　真面目に取り組んでいた仕事もあっけなく外された。替えはいるのだ。自分でなくてはならないものなど何もないのではないかと足元が揺らぐ。

　社会に出る女性の数は増えた。しかし実力に関係なく補佐的な職種に回ることは少なくない。だから夫がいて子どもがいないから、という理由で夕葉は正社員から外されたことが納得できなかったのだ。

　けれども、仕事だけでなく育児などそれ以外の負担があることで、彼女たちは多くのストレスに晒されている。そこに気づけていなかったのではないか。

　夕葉は、梓が実家のキッチンで束《つか》の間《ま》見せた、寂しそうな表情を思い出した。子どもの面倒をみてくれる彼女の夫を誉めたときのことだ。

　梓は何か訴えたかったのかもしれない。育児に悩んでいた可能性もある。

　思い過ごしかもしれない。もちろん夕葉が助言できることとは限らない。けれどもあの場でもう少し差し伸べる手があったのではないか。

　それなのに夕葉はブドウの食べかすを見て、「ずいぶんいっぱい食べられたんだね」などと嫌みを言っていた。それは子どもがいることを大前提に話されるのと同じくらい気遣いのないことだ。

そういう小さなことに気づいていかなくてはいけない。

夕葉は目の前でゆらめくキャンドルに誓った。


夕葉がバスケットに食べ終えた食器を入れていると、そろりさんが店から出てきた。

「〈きのうのアヒージョ〉、いかがでしたか？」

「パスタでしたよ」

やんわりとそろりさんを正す。

「ええ、昨日作ったアヒージョのオイルでパスタを和えたんですよ」

仕上げにナンプラーを加えたそうで、それが味に深みを出していたようだ。オーダーミスではなく、しかもアヒージョとは元々は刻んだガーリックのことだと語源まで教えてくれた。

「どうりでガーリックが効いていました」

「昨日の味をもう一度楽しめるんですよ。だからこれは時を戻せるアヒージョなんです」

店主は嬉しそうに目を細めて笑った。

「時を戻す、ですか。できることなら戻したいです」

夕葉は時を戻して同僚にかけてしまった言葉を取り消したい、と三者会議での出来事をそろりさんに話した。

この森のような空気がそうさせたのだろうか、自分の胸のうちを初対面の相手に話すことなど普段はしないのに、なぜだか自然と言葉が口を衝いていた。

「自分だって違う立場の人から勝手に断定されて嫌だったくせに、他人に同じことをしていることに自分で呆れました」

「立場が変われば考えも変わる。それは仕方のないことです。だから知らなかったことを知っていく、それが大切なんです」

知らなかったことを知っていく……。夕葉はそう言われて、さっき駅ナカで目にしたキャンペーンのことが頭をよぎった。

使いかけのコスメや衣類の回収はリサイクルへの喚起だろう。それ自体は素晴らしい行為だと思う。ただ、どこまで本当にエコロジーなのかはわからない。

リサイクルには、運搬時だけでなく容器の洗浄の際にお湯を使うことなどでもCO_2が発生する。衣類の縫製やコスメの梱包作業に携わっている人たちは、過酷な労働環境の中で働かされてはいないだろうか。

知らなかっただけだ。でも知らないことがどんなに恥ずかしいことかを思い知った。

「こんなこともあったんです」

秋のはじめに実家で幼馴染の梓に対し、子育ての悩みなど微塵《みじん》も想像せずに振る舞ってしまったことを夕葉はそろりさんに打ち明ける。気づかずに人を傷つけてしまい、怖さを抱いたこと……。

　話を聞いていたそろりさんが、「ちょっと待っていてくださいね」と、店に入り、手に何か持って戻ってきた。

「よかったらこれ、どうぞ」

　唐突にワイヤーで出来たハンガーを差し出され、戸惑う。

「自在に動かせるんです。ほら」

　そろりさんは三角形のハンガーで菱形《ひしがた》を作り、また元の三角形に形を整えた。

「曲げても、元に戻せるんです。どうでしょう」

　いったん曲がってしまったものでも手を加えればちゃんとまっすぐになるんですよ、と続ける。

「一度外に出てしまった言葉は、魂を持ってしまいますから。取り扱いに気をつけないといけないんですよ」

　言葉を発する際に、いったん立ち止まって相手の立場や背景を想像したほうがいい。言葉が持っている力のことを「言霊」というんだそうだ。

「でも、あまり考えすぎてしまうと、何も言えなくなってしまう。だから訓練をするんです。戻ったり、やり直したりしながら」

　そろりさんはそう言いながら、ハンガーを両手でくっと押して円形にしたり、四角形をこしらえたりした。

そろりさんが手渡してくれたが、ハンガーは自宅に山ほどある。いただいて帰る必要はないけれど、迷う夕葉の背中を押す力になった。

店を出てからスマホを出すと、梓からメッセージが届いていた。添付されている写真を見ると、すやすや眠る水摘輝の横に、ギフトボックスに入った夕葉の会社の製品が置かれていた。

〈夕葉ねぇのイラストに癒されるー。可愛いぃー〉

自分へのご褒美だと続いた。買ってくれたのだ。お礼とともに、晃一のいない日に会う約束をしよう。それでじっくり話を聞いてあげよう、と思った。お土産にシャインマスカットを持っていこう。

放ってしまった言葉は戻らない。うやむやにして隠すのではなく、挽回しよう。素直に「ごめんなさい」と伝えよう。自分がかけられて嫌だった言葉を、立場を変えて発してしまったことを謝ろう。そう、時を戻して。

＊

お客さんが帰った庭先で、そろりは木箱を覗きました。

「うん、上出来だ。しっかり育ってくれよ」

さて、これで何を作ると思いますか？　私はわかりました。堆肥《たいひ》にしてこの庭の栄養にするんです。でもこの落ち葉が堆肥になるにはあと半年以上かかるはずです。

「ゆっくりと時間をかけて」

急いでもいいことないですからね。


さて、キッチンに戻ってきたそろりが、栗の実に包丁で切り込みを入れています。

「真ん中に十文字を入れて」

このあとオーブンに入れて、三十分ほど焼くようです。ここもじっくり待ちましょう。

出来上がった焼き栗は、バターと塩をのせて食べるそうですよ。秋は食欲が増しますね。

第四話

自信が持てる
あんバタートースト

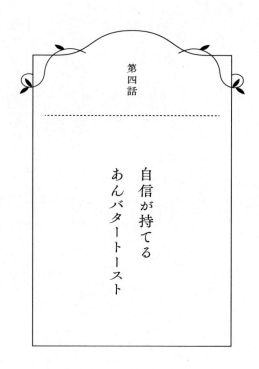

ホームセンターへ出かけたそろりが、昼過ぎに「喫茶ドードー」のキッチンに戻ってきました。

たしか新しい庭掃除用の箒を買いに行ったはずです。いまはすっかり葉の落ちた庭の木々ですが、秋口は赤や黄に色づいた葉が舞っていました。それをせっせと掃いたおかげで、竹箒の先が開いてしまったのです。

それなのに、そろりは箒だけでなく、大きな荷物を抱えて帰ってきました。衝動買いの多いそろりが、また何か珍しいものを見つけてきたようです。直方体の白いもの、これは家電でしょう。

「ホームベーカリーを買ってしまった」

などと嬉しそうに取り出しています。これはまた、数回使ってあとはパントリーに入るだけ、でしょう。まあなんとも反省のない人です。でも楽しそうですから、放っておきますね。

おや、まだ何かあるようです。竹箒と一緒に抱えていたのは、乾いた藁のようです。麦藁でしょうか、いったい何に使うのか、しばらく様子を見ることにいたします。

＊

社会人になって六年が過ぎた。六年といえば小学校一年生が中学生になる。だからというわけではないが、鈴元朱莉《すずもとあかり》は、懐かしい日々に思いを馳せていた。

朱莉が住んでいた家は祖父母の代から続く日本家屋だった。父の実家に母が嫁ぐ形で同居し、ひとり娘の朱莉を生み育てた。祖父は朱莉が生まれる前に亡くなっていたし、祖母も物心つく前に亡くなった。叔父や叔母も独立し、広々とした平屋で家族三人で暮らした記憶は微かにある程度だ。

朱莉が小学校四年になる時、家が建て替えられた。二階建ての新居には、朱莉の自室も用意された。ピンクの壁紙に赤い絨毯。白いデスクと揃いの椅子には、ギンガムチェックのクッションが置かれていた。「朱莉の勉強部屋」と両親は呼んでいたけれど、白状すればそこで勉強した記憶はあまりない。

天井付近には板が渡され、書棚になっていた。ただ、改築された年の夏の間だけ、そこに朱莉のものではない本が置かれていた。家族か親戚か誰のものかわからない、家の中で行き場を失ったもう読まれることのない古いコミックや表紙の破れかかった雑誌類だ。

いつの間にかそれらは朱莉の部屋から無くなっていたから、どこかに新たな書棚が用意されたか、あるいは頃合を見て処分されたかしたのだろう。

いずれにせよ、夏休みの宿題をしているふりをして、朱莉はベッドに寝転んでそれらの本をめくっていた。無造作に並んだ本は、小難しそうな哲学書の部類、料理のレシピ本、小説もミステリからファンタジーまでジャンルはさまざま。

絵本や写真集にも飽き、結局はコミックに走る。ずらりとシリーズが揃いで並ぶさまはなかなかに心躍るもので、適当に読み始めたわりに、全巻制覇するまではテコでも動かじ、となったのだからそれだけ心を捉えていたのだろう。

外はどんよりとした曇り空だ。肌寒さにみぞれでも降りかねない日だというのに、どうして昔の夏休みのことなど思い出したのだろうか、と朱莉は自らの思考を整理する。

立ち寄ったショップは暖房がよく効いていた。汗が滲んできて慌てて外したマフラーが、通勤バッグから顔を覗かせている。

外気に触れようやく汗が引いてきて、再びマフラーを首に巻きながら呟いた。

「『とうめいマント』か」

あの夏に読んだ中でも特に朱莉の記憶に残っているコミックが『ドラえもん』だ。テレビアニメにもなっていたし、小学校低学年の頃に映画に連れていってもらったこともある。

ただ、その後、朱莉はそのコミックを買ったり借りたりした記憶もないので、おそらくその夏の間に何度も読み返したのだろう。物語に登場する「道具」のいくつかは未だに頭に残っている。

アンキパン、スモールライト、もしもボックス……。お馴染みのどこでもドアやタケコプターをも上回る魅力的な「道具」に、これがあったらなあ、と本気で思ったものだ。

その中のひとつが「とうめいマント」だ。頭からすっぽりと被ると、他の人からは見えなくなる。つまり透明人間になれるのだ。朱莉が読んだ物語の中では、のび太が未来の婚約者の会話をこっそり聞くのに使っていたが、きっとママに見つからずに台所に忍び込んでおやつを食べたり、宿題をしているふりをして家を抜け出したりもしたに違いない。そんな想像をし、ワクワクしたものだ。

朱莉の部屋からそれらの本が消えてから数年後、今度は小説の中で同じ道具に出会ったときには驚いた。『ハリーポッター』に登場するその名も「透明マント」。漢字とひらがなの違いこそあれ、名前も使用方法もそっくりだ。子どもが魅力的に感じるものは世界共通なのだろう。子どもなら、いや大人でも一度はこんなものがあったら、と夢を抱く魔法の道具なのだ。

そのマントを大人になった朱莉はいつの間にか知らずして手に入れ、気がつかないうちにすっぽり被っているのではないか、と勘繰ったのだ。

朱莉が勤める会社は、食器やカトラリーの卸《おろ》しが主業で、主な取引先は個人経営のレストランやカフェなどの小規模な外食産業だ。外出制限や営業自粛が続き、代替わりや店舗の老朽化を理由に、続けることを諦めた店もこの数年で一気に増えた。

必然的に朱莉の勤める会社にも影響が及んだ。その一方で、新事業に乗り出したり、時代の変わり目をチャンスに、と新規出店する店もあった。一時的に下がった業績も、最近では回復傾向を見せている。

「お体だけは大事に、がんばってください」

朱莉は新たに店舗を増やすという飲食グループの店長さんに声をかけながら見送る。

飲食店は体が資本だ。がんばりすぎて途中で閉めてしまう店をいくつも見てきた上司に教わった言葉だ。

商談が無事に成立し、隣で頭を下げる上司もどことなく浮ついている。朱莉もここ数日、資料作成の仕事を抱えていたが、それもいったん手が離れて、今日は珍しく定時で上がれる。想定以上に仕事が早く片付き、気分も軽くなっていた。帰り支度をしながら、そうだ、インスタで最近よく目にしていたニットのポンチョを見に行こう、と決めた。

日はもうすっかり暮れている。冬の十七時は深夜と変わらない。マフラーに顔を埋め、足早に駅に向かった。改札を入り、いつもとは逆の電車に乗った。

目当てのニットは、メリノウールにアンゴラが混紡されていて、肌触りもよさそうだ。

誰かが投稿したインスタや公式サイトの写真を見ると、左右がアシンメトリーになったフォルムも個性的だ。

人気商品らしくネットでの販売は終了していたが、店舗在庫をチェックすると、いくつかの路面店ではまだ僅かながら商品があるようだった。値段はやや張るが、いいものなら長く使える。「一生モノ」という魔法の言葉に踊らされているのはわかっていながらも、たまには踊ってみるのもいいか、とボーナス前の財布のひもが緩む。スマホで情報をチェックしているうちに、目的の駅に着いた。

ショップで新しい服を買うのは久しぶりだ。コロナ禍の前は、よく流行を追って買い物をしていた。ただ、ここ数年はその必要がなかった。

会社はコロナ禍になってすぐの頃から社員の約八割がテレワークをするようになった。商談のほとんどがオンライン上でのやり取りとなり、資料もデータを共有すればいい。朱莉は新規店舗からの受注や営業を担当していた。売上の統計や傾向のデータを集計してグラフ化するなどの作業は出社せずとも可能だ。店舗側もデジタルカタログで発注するほうが気軽でもある。契約先に出向く必要がなくなった。

おしゃれな通勤服よりも、ラクなホームウエアがあればいい。そういう類《たぐい》の服は、ネットで選んでもおおむね失敗はない。ＳＮＳで見つけたルームウエア専門のネットショップなど朱莉にはいくつかのお気に入りがある。多少ルーズなくらいのほうが着心地がよく、ジャストサイズよりもひとつ上を選べば間違いないことも知った。

ただ、ここにきて、少しずつ対面での打ち合わせが増えてきた。現場を見に来てほしいという取引先もあり、出張も増えた。いちいち足を運んだり顔を合わせたりするのは面倒でもあるが、実際に顔を見ながらのほうが、商談がすんなり進むことも多い。

コロナ禍を経て、大切なことと不要なことが見えてきた。リアルとオンラインの両方をうまく活用しながら、というスタイルがこれからの時代なのかもしれない。

それに、たまに出社して人に会う緊張感も悪くない。オーバーサイズのワンマイルウエアからカシミア入りの艶のあるアンサンブルに着替えると、気分がシャキッとした。

朱莉は足取りも軽く、スマホのナビに導かれるままに、ショップに向かった。賑やかな大通りを一本入ると細い川が流れていた。川沿いには桜だろうか、いまは枯れ木となった街路樹が川面に枝を垂らしていた。

明るい通りから路地に入ったせいで、暗闇に紛れ込んでしまったようだったが、奥に明かりが見えた。

「あそこかな」

スマホをバッグにしまい、まるで明かりに寄っていく虫のように、その店に向かった。ガラス張りのファサードの中からは煌びやかすぎない上品な光が漏れていた。

二体のマネキンが窓の外を向いていた。そのうちの一体が目当てのポンチョを羽織《はお》っている。

「やっぱりかわいいな」

マスクの中の口許が緩む。店内を覗くと、数名の客が見えたが、混み合っているほどではない。朱莉はそっとドアを押した。

『ドラえもん』の道具のひとつ、「とうめいマント」を被せられているのではないか、と思ったのはその時だ。それほどまでに自らの存在が無視されたからだ。

さっと店内に視線を巡らす。二間ほどの間口のまま奥に広がる店内で、接客している店員らしき人が二名。レジカウンターでパソコンに目を落としている人が責任者だろうか。二人連れの客が二組に一人客が一名、合計五名の客が服を見たり、店員から接客を受けたりしていた。

その店にいた八名全員が、朱莉と目すら合わせないのだ。今日はラフなルームウエアを着ているわけではない。エナメルのレースシューズも磨きたてだ。小さな石のついた細いゴールドのネックレスは質がいいのに主張しすぎないので、朱莉のお気に入りだ。

「あなたみたいな地味な人が来る店じゃないわよ」

無言の接客にそう伝えられているようだった。店内の暖房に汗ばんできて、慌ててマフラーを解く。横目で目当てのポンチョを纏ったマネキンを見るが、冷たい表情で外を向いたままだ。マネキンにまでバカにされたように感じた。

　小さく息を漏らし、朱莉は静かに店の扉を押した。いまさら声をかけられてもやっかいだ。出来る限り音を出さないように外に出ると、あるはずのないマントがスルッと落ちた気がした。

　こうしたことが起こるたびに、朱莉は思い知らされる。どんなにおしゃれをしても、地味でさえない子、その印象が拭われることはないのだと。肩を落として川沿いの道を歩く。

　大通りに出ると、一人のスーツ姿の女性が誰かを探すように顔を左右に動かしながら佇んでいた。たくさんの人がその女性には目もくれずに通り過ぎていく。朱莉も彼らに倣って、女性の脇をすり抜けようとしたその時に、親しげに声をかけられた。

「あの、いまお時間よろしいですか？」

　朱莉は顔を伏せたまま先を急いだ。

「マントを着たままならよかった」と、思わずため息が漏れた。

　朱莉はキャッチセールスに呼び止められることが多い。こんなダサい子なら引っかかるだろう、この地味なルックスなら話を聞くために立ち止まるだろう、そう思わせる負のオーラがあるらしい。

　それが自分の弱さの表れのように感じ、苦々しい気持ちになる。

　来るまでは久しぶりのショッピングに気持ちが盛り上がっていたから気にならなかった。

けれども足取りの重い帰り道には、なんでこんな遠くまではるばる来てしまったのだろうか、とうんざりした。

気づけば夜も深まっている。冷え冷えとした風が頬に触れる。

「せっかくだからこのへんで食べていくか」

スマホで駅から近いカフェを探した。

コーヒーと軽食だけのその店は、グレーを基調としたシンプルな内装で、壁に面してカウンターとテーブル席がいくつか並んでいた。カウンターでは、パソコンを開いて作業をしているビジネスマン風の人や、テキストを開いている学生もいれば、大学の仲間なのかイベントの計画を練っている集団もいた。

レジカウンターでオーダーし、出来上がったら番号で呼ばれるシステムらしい。朱莉はカウンターの片隅の席に荷物を置いて、スマホを手にレジに向かった。

二つのレジではそれぞれ一組ずつの客が注文をしているところだった。朱莉は手前のレジで待っていたが、二人連れの先客がいつになっても注文が決まらない。仕方なく隣のレジに移動すると、目の前で「少々お待ちください」と、カウンターが閉じられた。元のレジにはすでにあとから来た客が並んでいる。

結局、朱莉が注文できたのは、その新規客のあとだった。それでもショーケースに並んでいたシナモンロールはふっくらとしていて、食欲を唆《そそ》った。選んだ深煎《ふかい》りのコーヒーとよく合いそうで、気持ちが上向いた。

読みかけの文庫本を開いて、席で番号が呼ばれるのを待つ。

「お待たせしました十二番のお客さま」

店内に店員の声が響くたびに、朱莉は渡された番号札を確認する。プラスチックに印字された「十一」の数字は、いつになっても呼ばれない。

「順番前後して申し訳ありません」

朱莉はようやくか、と期待をするが、

「十五番のお客さま」

と続いた。呼ばれてカウンターに向かう女性は、朱莉よりもずっとあとに来た客だ。後ろで打ち合わせをしていた学生の集団がわっと声をあげて笑っている。

このまま待っていても永遠に番号が呼ばれない気がした。朱莉はふっと息を吐いて、番号札を手に立ち上がる。カウンターで店員に尋ねた。

「すみません、十一番まででしょうか」

学生バイトらしき若い店員は、怪訝《けげん》そうな表情で、カウンターの控えレシートをチェックするが、どうやらオーダーが入っていなかったようだ。

「何をご注文されましたか？」

店員の憮然とした態度に朱莉はいらついた。

「シナモンロールと深煎りコーヒーです」

つい語尾がきつくなった。

店員は振り返って、メーカーでコーヒーを抽出している他のバイトに、声をかける。

「ねえ、シナモンロールと深煎り、オーダー受けた記憶ある？」

聞かれたバイトは、抽出中のコーヒーから目を離すことなく、かぶりを振った。

しばらくして提供されたシナモンロールは、想像よりも固く、コーヒーは苦みばかりが強くて、煮出しすぎたえぐみも感じた。口に詰め込んで、朱莉はそそくさと店を出る。文庫本は結局、ほとんど読み進められなかった。


自分の部屋でコミックを開いていたあの夏、とうめいマントは魅力的な道具だった。自分が行けない場所に忍び込んで、知らないものを見られるなんて、と憧れた。誰にも見られずに、ケーキ店の厨房を覗いたり、子どもが出入りできない宝石店で煌めくダイヤモンドにじっくり対峙できたら、と夢が広がった。

他人に認識されないことがこれほどまでにやりきれないことだと、あの頃には気づいていなかった。

大人になると、得体の知れない「世間」という者の手で、脱いでも脱いでもとうめいマントを羽織らされるようになった。それでいて必要なときには、勝手に脱がされる。ちっとも便利なグッズなんかじゃない。

自分はこんなありもしないマントで簡単にいない者扱いされてしまう程度の存在だ。こうしたことが起こるたびに自分が生きている価値って何だろうかと朱莉は自問する。


電車を乗り継いで、ようやくターミナル駅に到着する。無意味な長旅に疲れが押し寄せるが、ここから少し先にある地下鉄の駅まで歩けば、自宅の最寄り駅に一本で行ける。あと一息だと力を振り絞る。道すがら、小さなカフェの看板を見つけた。

〈おひとりさま専用カフェ〉

この店なら注文が通らなかったり、客の声でいらいらせずに済んだのかもしれない。本日のおすすめメニューの〈あんバタートースト〉も美味しそうだ。でももう時間も遅い。看板に後ろ髪をひかれながらも、先を急いだ。

駅前の横断歩道は、信号待ちをする人で混み合っていた。なかなか変わらない信号にしびれを切らし、歩道橋を目指した。大きな建物の前にいる女性を見て、朱莉はあっと足を止めた。たまに通勤時にバスで乗り合わせる女性だったからだ。

暗いバスの中でもいつも華やかに目立っていた。ネオンの輝く街中ならなおのことだ。遠目からでも整った顔立ちがわかる。年は朱莉と同じくらいだろう。体のラインの出るニットのワンピースを嫌みなく着こなしている。通りすがり、朱莉は女性の横顔をこっそりと窺う。瞬きすると、丁寧にマスカラが施された長い睫毛が鳥の羽のように上下した。くっきりと引いたアイラインが、彼女の強さにも見えた。

脇をすり抜けてから、いま一度振り返ると、彼女は建物の敷地内に入っていくところだった。大学病院のようだ。こんな時間に診察や面会もないだろう。急を要する雰囲気でもない。やがて、通用口から白衣姿の男性が出てきた。


乗り込んだ地下鉄の車内の座席はいくつか空いていたけれど、この数年で、人と人の距離が近づくことに、すっかり臆病になってしまった。朱莉は立ったまま地下鉄のドアに体を預けた。車内の照明に反射し、自分の顔が映し出された。

さっきの女性のことを思い出す。首はすらりと伸び、手足も長かった。長身を活かし、学生時代はスポーツ部に所属していたかもしれない。きっとチームをまとめあげる存在で、後輩や先輩にも慕われただろう。かわいい、かわいいと言われ続けて育つと、素直な性格になるという。逆の場合はどうだろうか。捻くれてひがみっぽい自分に置き換える。重たい瞼に低い鼻。左の頬には小指の先ほどの痣もある。生まれたときからのものだ。物心がつく前から母が口癖のように、

「それは神様がほっぺにチューした痕なんだよ。神様のチュー。朱莉がとってもいい子だからだよ」

と言い聞かせてくれていたおかげで、たいして気にならなかった。

でも子どもの頃、クラスメイトの描いた似顔絵では、朱莉の目は横線一本で表現され、決まってその痣も描かれた。他の子の絵には描かれない肌の汚れが肉眼で見る実際のそれよりも悪目立ちしていた。気にしていないことを殊更に取り上げられて、そのたびに思い知らされる。

あの川沿いのショップをあの女性が訪れたなら、きっと歓迎されたろう。試着をしていまごろポンチョを手にしていたに違いない。立ち寄ったコーヒーショップで注文が通らないなんてことはなかったろう。たとえオーダーミスがあったとしても、バイトの店員はにこやかに対応した上に丁寧に詫びたろう。クラスメイトの描いた似顔絵の目には、いくつもの星が輝いていただろう。

朱莉は換気のためか、五センチほど開けられている窓に目を移す。その窓の上に、エステや美容整形の広告が並ぶ。美の追求を強要されているようで、ため息が漏れた。

見かけじゃない。ありのままでいい。人それぞれだから比べる必要はない。そのどれもが綺麗事なのだと伝えているようなものだ。

視線を感じて横を見ると、優先席に親子連れがいた。まだ一歳になるかならないかの女の子が、母親に抱かれたまま、顔を真横に向ける。朱莉の目を見て、まるで愉快な動物でも見つけたかのように、にっこりする。

朱莉が小さく手を振ると、女の子がキャッキャと笑った。正面を向いていた母親が、

「水摘輝ちゃん、どうしたの?」と、赤ちゃんの視線の先にいる朱莉に軽く会釈した。

子どもの目に朱莉はどう映っているのだろうか。大人には相手にされないのに、子どもにはすぐに懐かれる。いつものことだ。とうめいマントも子どもの前では役立たずだ。

朱莉は可笑しくなって、顔を伏せたまま笑いを嚙み殺した。

＊

そろりが針仕事とは驚きました。繕いものでもするのかと思いましたが、そうではなさそうです。キッチントップにはハサミや定規も並んでいます。

「ええと、まずは長さ五センチに切って」

呟きながら、買ってきた麦藁を等分に切っていきます。太い針に糸を通し、麦藁を繋いでいきます。中心が空洞になっているのです。ジュースを飲むストローみたいに、と言えばわかりやすいでしょうか。

ただ、ストローの語源は藁なんですよね。どっちが先か、わからなくなってきました。

ともかく何本かの麦藁の空洞部分にそろりは糸を通し、繋げていきました。

「こっちの角とこっちの角を合わせて」

そうこうしているうちに、不思議です。立体が浮かび上がってきました。

「できたぞ」

麦藁でできた多面体はまるで星のようです。そろりはその「星」をいくつもいくつも作っていきます。外はすっかり暮れていますけれど、開店準備は大丈夫なのでしょうか。

＊

せっかく早く仕事が終わったのに、家に着いたのは、残業をしたときよりも遅い時間だった。バスタブに湯を張り、足を伸ばした。

風呂上がりに鏡を覗きこむ。

見かけが全てだとはさすがに大人になったいまでは思わない。でもルックスの良し悪しや華やかさで、大切にされる度合いが違うことを、否定はできない。

赤ちゃんの頃から愛情を注がれ、学校でも教師から贔屓《ひいき》をされる。出世や採用も見た目に左右されないと果たして言い切れるだろうか。

転んだときに手を差し伸べられるのは、いつも自分ではない、と朱莉は思う。そんな経験をこれまでも何度もしてきたからわかっている。尻餅をついた腰をさすりながら、手に負った擦り傷を隠しながら、どんなときでも自分で立ち上がるしかないのだ。

一日の疲れがようやく取れたのは、お気に入りのルームウエアに袖を通してからだ。ムツコイソガイという人気のテキスタイルデザイナーが手がけた商品だ。ポップなデザインのウエアに包まれながら、朱莉はスマホをいじる。

帰り道で見かけた女性の、羽のような睫毛や力強い目元を思い出す。メイクが上手になれば、朱莉も強くなれるだろうか。

「メイクか……」

化粧、という言葉には「化ける」の文字が含まれている。字のとおり「化ける」かといえばそうではない。

朱莉はしっかりメイクをしているにもかかわらず、薄化粧だと言われることが多い。ウォータープルーフ処方のアイラインをくっきり入れても、一重の重い瞼に埋もれて、夜には消えてしまう。

ボリュームの出るマスカラをしっかり塗ると、まばたきを数度するだけで、目の下にクマのような影ができる。下瞼がふくらんでいるからだ。

一重のメイク法をインスタや動画サイトで探すと、〈一重さんはアイブロウに全集中〉と書かれた投稿を見つけた。アイブロウ、つまり眉メイクのことだ。

これまでも流行りといわれる平行眉になりたくて、自分でカットしてみたが、あまりパッとしない。動画配信サイトを見ても、わかった気になるだけで、さして上達はしない。感染状況が落ち着いてきて、対面での講座も増えてきた。検索した中から、通いやすく、値段も適当な講座を選んだ。

「マスク時代の眉メイク」というその講座の講師はサイトの写真によるとシルバーヘアで目鼻立ちのはっきりした美容家だ。キャリアも長く、一線から退いたあとも、個人レッスンを格安で開講しているようだった。

眉が整ったら、もうぞんざいに扱われることはないだろうか。とうめいマントを羽織らされて他人に無視されることはないだろうか。生徒さんのビフォーアフターの紹介記事に、つい過度な期待をしてしまう。

講座の予約当日、ナビを頼りに、住宅街に迷い込んだ。細い階段の先にレンガ造りの家があった。その家の一角をメイクスクールとして開放しているようだ。朱莉がチャイムを押すと、「どうぞ。お入りください」と女性の声がインターフォン越しに聞こえた。玄関ドアを引くと、奥からマダム風の女性が出迎えた。サイトに紹介されていた美容家だ。

出されたスリッパを履いて、廊下を進むと、白いテーブルの並ぶ部屋に通された。メイク用品が整然と並び、正面には大きな鏡や洗顔用の洗面スペースも完備されている。

「ええと、朱莉ちゃんね。ここ座って」

馴れ馴れしく呼びかけられ、戸惑っている間もなく、朱莉は鏡のあるメイク台の前に腰かけさせられる。パッとライトに照らされた。

「女優ライト。気分いいでしょ」

講師の高い声が歌うように響いた。スクールの教室は広々としているのに、他にスタッフもいないようだ。

「今日は生徒さんは朱莉ちゃん一人。だから何でも聞いてね」

もう一名予約が入っていたそうだが、生憎《あいにく》家族がコロナに罹ってしまい、濃厚接触者のため自宅待機になってしまったそうだ。

「マンツーマンなんてなかなかないのよ」

ラッキーね、と講師が肩を竦ませる。講座時間は二時間だ。二時間みっちりマンツーマンで眉メイクを教えてもらえばかなり習得できるだろう。朱莉も気合いが入った。

「マスク時代の、って言っているけどね。実はマスクの下もしっかり整えておかないとダメなのよ」

事前に用意されていた眉カット用ハサミやアイブロウペンシルを脇によけ、講師がファンデーションを手にした。

まずは肌づくりから、と言われマスクを外す。

「あら」

美容家が朱莉の顔を見て、眉を顰めた。

「あなた、頬にあるその痣、どうしたの？」

「生まれたときからのもので」

神様のチューだとまでは言えなかった。

「持って生まれたものかもしれないけど、ちょっとどうにかしたら？」

朱莉の顎に手を置いた講師が、手際よくいくつかの化粧品を混ぜたりはたいたりしているうちに、朱莉の顔から痣が消えた。陶器の人形のような肌に、ぞっとした。だけど美容家は満足げに、

「ほら、ちゃんとやれば消せるのよ」

と脳に響くようなキンとした声を出して笑った。ファンデーションとコンシーラーの塗り方の指導で規定の二時間が終了した。

「眉はペンシルでささっと描けばいいのよ」

帰る間際になって、朱莉の顔の上でペンシルを動かした。

「ファンデーションの基礎を学べたなんて、朱莉ちゃんはラッキーよ」

来たときと同じ言葉を伝えられた。

アイブロウが上手に描けるようになったら強い女性に近づける、そんな期待は簡単に裏

切られた。顔が重苦しい。一秒でも早く化粧を落としたかった。ドラッグストアで、拭き取るクレンジングシートを買い、コンビニのトイレでしつこく拭った。

弱いやつだとなめられているのだ。こうした大きなお世話や美の圧から逃げたくなったらマントを羽織ってしまいたい。でもそんな風に自在に操る術《すべ》を朱莉は持っていない。

化粧の下から痣が浮かんできて、ようやく自分に戻れた気がした。

＊

そろりがここ数日かかりっきりで作っていた麦藁の飾りが完成しました。「ヒンメリ」という名前の北欧の飾りなんだそうです。クリスマスに飾ることが多いようですが、収穫を祈るお守りみたいなもので、年中飾ってもいいんですって。

天井から吊り下げたら、殺風景な店内が賑やかになりました。

それに誘われたわけではないでしょうが、艶やかな黒髪の女性がやってきました。

「いらっしゃいませ。喫茶ドードーへようこそ」

お馴染みのあいさつでそろりはお客さんを出迎えました。

さすがにすっぴんのままお洒落な街を徘徊《はいかい》する勇気は朱莉にはない。ただでさえ地味な存在なのだ。ショップやカフェで無視をされるのは目に見えていた。

こんなときでもお腹だけは空くのはどうしてだろうか。行く当てもなくとぼとぼと歩いていると、ひもじさが押し寄せてきた。

＊

「そういえば、おひとりさま専用カフェがあったっけ」

そこならひと目を気にする必要もない。地下鉄を乗り継げば最寄り駅も近い。入れそうな店を探しているよりも早い。決断したら余計空腹が襲ってきた。

店の前の看板には、この間通りすがりに見たままに〈あんバタートースト〉と書いてあった。ただ、今日はその上に読みづらい文字で〈自信が持てる〉と追記がされていた。

「自信が持てるあんバタートースト?」

朱莉の背中を押すようなネーミングに、偶然とはいえ、もしかしたらいまの私のためのメニューなのかもな、と思えた。

看板の矢印に沿って路地を進む。冷たい風が心地よく感じられた。木々の間をすり抜け、柔らかく頬を撫でていく。

突き当たりに庭付きの一軒家が建っていた。窓ごしにちらちらと揺れる光が見えた。導かれるように進んでいく。「オープン」と表示された看板の下がったドアは水色で、金属製のドアノブが付いていた。

「大丈夫かな?」

肩に手をやったのは、また勝手にマントが被せられていないかを確認するためだ。念のため、載せた左手をさっと下にはたくように下ろす。これでマントは脱げたはずだ。朱莉は思い切ってドアノブに手をかけた。


「いらっしゃいませ。喫茶ドードーへようこそ」

丁寧な店員の声にまずはホッとする。とにかく来店を認識してもらえたのだ。店内に漂うパンの香りに誘われ、お腹がぐるると鳴った。

「お好きなお席にどうぞ」

カウンターだけの客席だ。季節がよければ外の庭もオープンエアの席になるのかもしれないが、さすがにこの寒さでは厳しいだろう。

店内はあちこちにキャンドルが灯っているだけで仄暗く、おかげですっぴんを晒さずに済むのがありがたい。天井から素朴な飾りが吊り下がっている。

「なんだろう」

モビールのようではあるけれど、見たことのない形だ。目を凝らしてみると、キャンドルの光を浴びて揺れた。それはまるでかわいい子の似顔絵に付き物の輝く星のようだ。朱莉の細い目には決して描かれることのない星だと思ったら、つい目を背けてしまった。

キッチンには、所狭しと道具が並んでいて、その中でさきほど出迎えてくれた男性店員が居心地よさそうに作業していた。

「ご注文はいかがしましょう」

その男性がカウンターから注文を取る。エプロンのポケットに手を入れながら、もじゃもじゃの頭を傾げると、マスクの上の眼鏡が鼻先にずれていた。

「店主さんですか？」

男性は頷き、そろりさんという名前を教えてくれた。ならばメニュー内容の話も早い。

「表の看板で見たんですが、面白い名前のトーストって」

「ああ、〈自信が持てるあんバタートースト〉ですね」

待ってましたと言わんばかりにそろりさんが胸を張って、パンにナイフを入れた。

「パンもこちらの自家製なんですか」

手元を覗き込んで聞くと、その質問を期待していたのか、そろりさんは嬉しそうに答える。

「ええそうなんです。ホームベーカリーってやつをね、手に入れまして」

衝動買いしたんだそうだ。

「でもおかげでこのメニューが完成したんです」

と、朱莉の前にパン皿を置いた。こんがりと焼き色のついた厚切りのトーストは十字に切り込みが入り、粒のしっかり見えるあんこがこんもりと盛られている。キューブ状のバターがあんの上で溶けかかっている。

「わあ、美味しそう」

朱莉はそそくさとマスクを外し、両手でパンを持ち上げると、ずっしりと重量感があった。溶けたバターが、たらりと指を伝って流れ、慌てて口に運ぶ。カリッとした食感のあとにあんこのほくほくした甘さが続く。甘すぎないので、たっぷり盛られていてもくどくない。食べ進めていくと、甘さの中にバターの塩っけが加わった。あんとバター、この鉄板の組み合わせを考案した人は天才だ、と唸《うな》る。

甘いとしょっぱいのコラボに、食がどんどん進む。残りあと数口になったところで、ふと疑問に思う。

「あれ？　何でしたっけメニュー名。自信のある、でしたっけ」

「まあ、もちろん自信作ですけど」

店主は腰に手を置いて得意そうに言ってから訂正した。

「でもメニュー名は〈自信が持てるあんバタートースト〉です」

「ええと」

朱莉が何から尋ねるのがいいのかと言い淀む。

「メニュー名の由来を聞きたいわけですね。小豆《あずき》の効能はご存じですか？」

そろりさんに問われ、朱莉は懸命に考える。さっきのドラッグストアにも並んでいたが、コスメには、アイマスクやパックに小豆が使われているものもある。

「からだをあたためる効果があるんですよね。あとはむくみ防止とか」

体内の余計な塩分を排出したり、整腸作用もあるはずだ。美容関係のSNSを何気なくチェックしているうちに、そんな知識も目に入ってくる。

そろりさんは朱莉の言葉に何度か頷く。

「ポリフェノールの含有量もすごいんですよ」

赤ワインに多く含まれていると聞く成分だが、小豆の含有量は赤ワインを上回るとそろりさんは教えてくれる。

「ポリフェノールは体の酸化を防ぐのに有効なんです」

細胞レベルで健康になれるからこのトーストを食べると〈自信が持てる〉ようになるのかと納得していると、朱莉の様子にそろりさんは「それだけじゃないですよ」と続けた。

「そのあんこ、実は砂糖を使っていないんです」

すっかり食べ終えた皿を指差し、驚くようなことを明かされた。

朱莉が食べたあんこは、確かに甘さは控えめではあったけれど、砂糖が入っていないとはとても思えなかった。水飴や蜂蜜を使っているのだろうか。しかしそろりさんは首を横に振る。

「小豆と米麹《こめこうじ》だけで作っています」

麹は肉を柔らかくしたり、即席で漬物が作れたりすると、かなり話題になったことがある。柔らかく煮た小豆に米麹を加え、温める。するとこんなに甘いあんこが仕上がるんだそうだ。

「コレを使うんですよ」

小豆を発酵させるために適温を保つのには、ホームベーカリーの機能が役立つという。嬉しそうにキッチンにデンと置かれたホームベーカリーを披露してくれるが、もっと気軽に炊飯器でも作れるそうだ。

「麹の力を借りて発酵させると、でんぷんは糖分になるんです」

そしてたんぱく質はアミノ酸に変わるんだそうだ。

「さて、甘さや旨みが増えるとどうなるでしょう」

そろりさんからクイズを出されるが答えはひとつだろう。

「美味しくなる」

朱莉が勇んで回答する。正解だったようで、店主が「うむ」と頷いた。

「口当たりも柔らかくなって、食べやすくなるのも特徴です」

麹の力で炊いた米が甘酒になるのも同じ原理だと聞き、至極納得する。

もともとあった成分が麹の力で美味しくなる。それと同じように、自分の特性を活かせば「旨み」、つまり自信になるのだ、と教えてくれた。

「そろりさんは『とうめいマント』って知っていますか？」

麹と小豆のパワーのおかげか、それとも甘いとしょっぱいの相反する力が効いたのか、朱莉は自分のことを話したくなった。

子どもの頃は憧れの道具だった。でもいつしか、知らないうちに「世間」という得体の知れないものから、勝手に被せられたり、脱がされたりしているように感じるものになった。日頃、他人から無下に扱われている気がすると、そろりさんに訴える。

「それでは、自分で着脱できるようになればいいんじゃないですか？　あなたが自分でマントを支配して操れるようになれば、また便利な道具に戻るんじゃないですか」

そろりさんが曇ったメガネの蔓をくっと上げた。

「自分で？　それが出来ないから困っているんですよ」

朱莉が訴える。

「だから自信を持つことが大切なんですよ」

そろりさんは穏やかに言って、ホームベーカリーを温めるように両手を添えた。

「ところで自信ってなんだと思います？」

そろりさんの声に朱莉は顔を上げる。改めて意味を尋ねられると、うまく言葉では言い表せない。まごついていると答えを教えてくれた。

「自分を信頼することですよ」

自分を信じる、信頼する。字のごとくだ。

「大地の木のように、しっかりと足をつけて立つ、それが自信です」

それは自立ということでもあるのだと、そろりさんが自分の足を左右に開いて腕を組んでみせた。

「自立、自信……。そうですね」

「世間」では、画一的な美しさが基準になっている。ショップの店員やカフェのバイトの態度を思い起こす。美容家によって施された朱莉の顔は個性や表情を消していた。誰かが決めた「正しい」とする方向に皆が向かい、同じものを追求する必要があるのだろうか。

朱莉は母の口癖を思い出していた。

――神様のチュー。朱莉がとってもいい子だからだよ。

食事を終え、マスクを着けながら、朱莉は痣をなぞるように頬に触れた。これは自分が自分でいられるための証。特別に選ばれた存在なのだから、卑下するのは勿体ないではないか。

店内でチカチカと揺れるキャンドルが朱莉の心を落ち着かせた。

「静かでホッとしますね」

顔を上げると、キッチンに飾られた額に入ったドードーと目が合った。

「キャンドルってデンマーク語でリヴェナ・リュスって言われたりするんですけれど」

緯度の高い北欧では夜が長く、暗い冬が続く。部屋の中で穏やかに過ごすために多くのキャンドルが灯される。リヴェナ・リュスは生きている灯りという意味なんだそうだ。

「炎の揺れのことを意味しているのでしょうが、彼らにとっては生きていくために必要な灯りでもあるのでしょう。ちなみにこの飾りも北欧のものなんですよ」

そろりさんが顔を天井に向けるのにつられて、朱莉も天井を見上げる。吊り下がっている多面体の星のような飾りのことだ。

「いまはクリスマスの飾りに多く使われていますが、もともとは豊作を願って作られたんです。これも生きるための願いです」

麦藁に糸を通して作るんだと教えてくれた。意味を聞いてからだと、さっきまでかわいい子の象徴のようだった星に違った見方ができるようになった。真下からじっと眺めていると、朱莉の全身に星が降り注いでくるように感じた。

考え方や捉え方で同じものでも物事は変わっていく。頬の痣だって、美容家には不要なものかもしれないけれど、朱莉にとっては自分自身であるための大切な宝物だ。

「生きる意味って何でしょうね」

朱莉はいつもの問いをそろりさんに尋ねてみる。

「難しい質問ですね」

そろりさんはしばらく腕を組んだままキャンドルの揺れる灯りをじっと見つめていた。

それはまるで生きている灯りと対話しているようだった。

「こうやって考えるその時間こそが、生きていることなのかもしれませんね」

目をキャンドルに落としたままそろりさんが静かに言った。誰のためでもなく、何かを見出すことが目的ではなく、ただそのときを見つめること。いまという時に存在し、考えることが生きることなのではないか、とそろりさんなりの考えを教えてくれた。

「存在することに意味を求めるのではなく、意味があるから存在している。ぼくはそう思うんですよね」

静かに揺れる飾りが、キャンドルの光を受け、天空の星のように瞬いた。

会計を終えると、そろりさんがおもむろに朱莉に薄い白い布を差し出した。

「はい。これからはあなたがこの『とうめいマント』を操ってください」

「これは?」

「ガーゼです。『とうめいマント』になりそうなものを探したんですけれど。これで代用できませんかね」

そろりさんが頭を掻き、朱莉の顔を窺った。

これが自分。堂々と胸を張っていこう。でも時にはマントの力を借りて、世間に紛れ込むのも悪くない。それを嫌なことだと思わずに、子どもの頃のように、楽しめるように自信を持とう。〈自信が持てるあんバタートースト〉を食べたからきっと大丈夫だ。朱莉は自分に言い聞かせた。

「ありがとうございます。でもマントはたくさん持っていますから」

朱莉は優雅にマントをさっと羽織る仕草を見せた。

＊

そろりはホームベーカリーで明日のパンの仕込みをしながら、もし自分がマントを持っていたらどう使うだろうか、と想像しているようです。何度かマントを颯爽と纏うふりをしていましたから。

「『とうめいマント』があれば、堂々とどこにでも行けるかな」

人見知りですから、それは頷けます。

「歩き続けるのが耐えられなくなったら、マントを被って逃げ出しちゃえばいいんだ」

ええ、そうですよ。常に前向きにがんばる必要なんてないんですから。そろりもそれにようやく気づいたようです。でもいまのそろりの願望はこんな風です。

「スイーツ店に忍び込んで、甘いものをたらふくいただこうかな」

こらこら。それを夢想しているのでしょうか。残ったあんこであんパンを作れないかと頭を捻っています。春が来たら桜の塩漬けを載せて桜あんぱんにするのも美味しそうですね。

外では北風がぴゅーっと吹き抜けています。今夜は冷え込みそうです。でも「喫茶ドードー」の店内では、キャンドルがほのかに揺れ、間もなく焼き上がるパンの香りが漂っています。

静かに穏やかに。今宵も暮れていくのです。

第五話

春一番のコトダマ

万年筆のインクはブルーブラックが好きだ。そろりが未晒しの便箋《びんせん》に金色のペン先を落とすと、インクがじわっと滲んだ。いったん置いた手を戻して、文字をしたためる。癖のある文字は読みづらいとよく言われる。でもこの手紙を受け取るのは他の誰でもない。

そろりはたまにこうして自分自身に手紙を書く。日記を綴《つづ》るように、想いを吐き出す。綴られた二枚の便箋を三つ折りし、洋形封筒に入れる。キッチンの引き出しから燕脂色《えんじいろ》の蠟燭《ろうそく》を取り出して火に当てる。封筒の蓋の三角の頂点に溶けたそれを一滴垂らし、木の持ち手のついたハンコのような道具でぎゅっと押した。

デザインされた「S」の文字が浮かび上がって、封筒に封がされた。シーリングワックスという昔ながらの方法だ。

この封筒は郵送されたり開かれたりすることはない。封をされたまま、キッチンの棚に眠る。吐き出しきれない想いを、そろりはこうして書くことで解消してきた。

「あのときもそうだったな」

そろりがまだ「喫茶ドードー」を開く前のことを思い出す。

＊

「喫茶ドードー」のキッチンには、小さな額がかかっている。中に飾っているのは、淡い水彩画で描かれた飛べない鳥、ドードーの絵だ。

ドードーの語源は「のろま」。その名の通り、足も短く、鳥類なのに飛べないだけでなく、走るのも遅い。地上で卵を産むなど危機管理もなっていない。自ずと、人間たちの連れてきた動物たちに卵やひなを食べられ、やがて絶滅してしまう。

ただ、危機管理をせずとも安全だったからこそ、のろまに生きることが出来ていたのだ。ドードーが平和に暮らしていた頃のような世界だったのなら、もっとヒトも穏やかに生きられるのではないか。

そろりは何を考えているのかわからないような表情をみせる額の中のドードーに目をやってから、カウンターに座る客の声に耳を傾けた。

常連の睦子がマグカップを両手で包むように持ちながら、

「そろそろココアの季節も終わりね」

と、白い湯気にふうーっと息を吹きかける。

窓の外の景色は、冬から春のそれへとまだはっきりと変化してはいないけれど、心なしか風が丸みを帯びてきたように感じた。

睦子はこの道五十年のテキスタイルデザイナーだ。洋服や雑貨にあしらう柄をデザインするのが仕事で、手がけた商品はとても人気だと聞いている。

今日もご本人がデザインした、紺色とピンクの幾何学模様が広がる個性的なコートを羽織って店を訪れてくれた。

キッチンに飾られているドードーの額は、睦子からのプレゼントだ。そんな彼女が、ふっと息を漏らした。

「さっきね、ちょっと嫌なことがあったの」

マグカップをことりと音を立ててカウンターに置いた。

＊

ファッション業界の季節は、地球の反対側の気候だ、と睦子は思う。猛暑が続く中で冬の新作に向けて仕事が進み、受験生が雪の中を歩くシーンがニュースになる頃に、ノースリーブのワンピースの試作があがってくる。

この仕事を始めて五十年、三十歳で独立してから四十年が過ぎた。南半球の季節で仕事が進むことに、頭が慣れている。間もなく春を迎える季節に、次の秋冬に向けての仕込みが始まる。

洋服だけでなく、バッグや財布などの雑貨、エプロンや食器などのテーブルウエア、文具にも睦子がデザインしたテキスタイルは使われる。

コロナ禍で外出機会が減り、ファッション業界は打撃を受けた。睦子がこれまで手がけてきたアイテムが減ったブランドもある。その代わり、軒並みどの企業も家で使う商品に舵《かじ》を切るようになった。

おかげで睦子はコロナ禍に入ってからも、とても忙しくしている。

最近特に睦子が力を入れて取り組んでいるのが、昨年末に都内に新規オープンしたホテルのトータルデザインだ。ウィズコロナ、アフターコロナの時代を見据えたコンセプトで、主なターゲットはわざわざ遠方から足を運ぶ旅行客ではなく、都内で働く女性だ。週末や仕事帰りにホテルにチェックインし、一人でゆったりと一泊する。リラックスした時間を過ごし、また日常に戻れる、そんな息抜きの場のようなホテルを目指している。

今日も午後からその打ち合わせに出かけていた。

「睦子さん、ご足労いただき恐縮です」

エントランスで出迎えてくれたのは、この事業を担当している菅沼理子《すがぬまみちこ》だ。四十代の若さだが、名刺の肩書きはDeputy Manager。日本語にすれば副支配人だ。自分のように忙しい女性がホッとできるホテルにしたい、とユーザー目線の意見を出してくれるので、明確でわかりやすい。

「今日はルームウエアのカラーバリエーションの打ち合わせですよね」

睦子がコートを脱ぎながら、尋ねる。

「ええ、そうなんです。いまのウエアがとても好評なので、もう一歩進めようかと」

客室に行くエレベーターに案内しながら理子が話を進める。

「ユーザーが客室の写真をSNSにアップする時に、ルームウエアも一緒にうつっていることが多いんですよ」

SNSの拡散はもちろん想定内だ。ホテル側は居心地のよさとともにいわゆる「映え」を意識した部屋作りをしていた。ターゲット層に人気がある睦子に依頼があったのもそのためだ。

「ルームウエアを着て自撮り？」

「それもあるんですけれど、ベッドに置いて物撮りとか、柄のアップもよく見かけますね」

ルームウエアといっても、人前に出るのが憚られるようなパジャマでは、そうはいかない。コンビニくらいまでは行けそうなワンマイルウエアだ。一般向けに市販もされている商品だが、柄やカラーはこのホテル用にオリジナルで作っている。

ウエアの形は他に契約している服飾デザイナーの仕事で、睦子は生地の柄をデザインする。手描きの線を生かしつつもパソコンで仕上げるのが最近の睦子のやり方だ。

「じゃあ、何色か用意してお客さんに選んでもらうようにするのかしら」

ホテルを気に入って何度も訪れるリピーターも多いという。飽きられない工夫も必要だ。

「それも考えたんですけれど」

そう言って、理子はひとつの客室にカードキーを当てた。掃除を終えた部屋は整然としている。これだけでもう日頃の雑事から解放された気分になるだろう。ほのかに香るのはホテルがオリジナルでブレンドしたアロマだ。

真っ白いシーツに睦子がデザインした柄のクッションや足元に細長く配置されたベッドスローが彩りを添えている。

ベッド脇に白樺《しらかば》の皮で編んだバスケットが置かれ、リネン類はそこにまとめて入れられている。バリエーションを増やしたいというルームウエアもコンパクトに畳まれていた。

「相変わらず、この部屋は気持ちいいわねえ」

思わず口を衝くと、理子が嬉しそうに頭を下げ窓辺に寄る。木製のブラインドを上げると、午後のやわらかな光が、部屋を明るく包んだ。いったん上げたブラインドを下ろし、理子がドアに向かう。

「ではもう一部屋見ていただいてもいいですか」

廊下に出ると、向かい側の部屋を開けた。

「あら」

最初に入った部屋とは家具の配置が逆になっている。それだけでも雰囲気が違って見えたが、睦子が感じたのは明るさの違いだ。理子がさっきと同じようにブラインドを上げても、明るさに大きな変化はない。

「部屋が面している場所で一日の明るさが変わるんです。こっちはいまは暗いんですけれど、朝は日が入ってすごく明るくなるんですよ」

理子の説明に睦子も大きく頷いた。仕事をする時間や場所で作品の見え方も大きく変わるのは、睦子本人がよくわかっている。

コロナ禍を機に、睦子の仕事も打ち合わせはオンラインで行われることが当たり前になった。このホテルの仕事も例外ではなく、よっぽどのことでもない限り、こうして足を運ぶことはない。

にもかかわらず、今日の打ち合わせはぜひ現地でやりたいと理子からリクエストされていた。その理由がわかった。

「つまり、部屋によってウエアの色を変えたいんですね」

睦子が言うと、理子がにっこりする。

チェックインは十五時だが、仕事帰りならば十八時以降になる客もいる。それに女性ひとりで泊まるのに、ブラインドを上げて外の景色を見たり、日の光を入れることも稀だろう。それでも画一的ではなく、部屋に合わせたしつらえをしていけば、各部屋の個性が際立つだろう。

「部屋はこちらがランダムに選ぶので、お客さんはどの部屋に泊まるのかはわからない。でもキーを開けて部屋に入ったときに、前と違う色のルームウエアがあったら……」

「嬉しいでしょうね」

理子のあとを睦子が受けた。

海側の部屋はこれまでのブルーを基調としたウエアを使い、大通り側、それから上層階用の二種類を新規で作ることとなった。

「柄のアップを載せてくれる方もいるんでしたら、カラーバリエーションだけじゃなく、柄そのものも変えて作るといいかもしれません」

睦子の提案に、理子が手を叩いて喜ぶ。

「それ絶対、素敵です。お客さんのテンションが上がるのが目に浮かぶようです」

ブラインド越しに漏れていた夕方近くのあたたかい光を彷彿《ほうふつ》させるような、紅色の花、例えばマルバルコウソウはどうかな、などと睦子の頭の中にイメージがどんどん膨らんできた。

「現場に来てよかったです。打ち合わせを部屋でっておっしゃってくださってありがとうございます」

フロントで見送る理子にお礼を言って、睦子はホテルをあとにした。

睦子が独立した頃とは働き方は変わった。時代の変化はもちろん、コロナ禍も経て、今後も変化し続けるだろう。けれどもどんな仕事も人と人とが作り上げるもの、その繋がりの大切さに変わりはないのだ。

七十歳を迎えたいま、若い頃と同じくらい、いやそれ以上に精力的に働く自分に、睦子は我ながら驚かされる。

自分の体力の衰えや老化を感じ、この仕事をいつまで続けるかと悩んだ時期もあった。けれども、「やりたいことをやればいい」、わざわざ見切りをつける必要はないんだ、そう背中を押してくれたのは、ある日たまたま訪れた「喫茶ドードー」というカフェの店主のそろりだ。

「人生って面白いものね」

ひとりごちて、行き慣れた店へ足を向けた。

ホテルの最寄り駅は三つの地下鉄が乗り入れている。夕方の人波をかき分けて歩いていると、男性の声に呼び止められた。

「磯貝さんじゃない？」

振り向くと、老齢の男性が立っていた。顎の髭は頰の上まで浸食し、中折れ帽を目深に被り、細い銀縁眼鏡の奥で、ぎょろっとした目がこちらを見ていた。

見覚えのない顔に睦子が訝っていると、その男性が親しげに近寄ってきて、社名とともに名乗った。

＊

「誰だったんですか?」

キッチンで洗い物をしながら聞いていたそろりが尋ねると、睦子が話を進めた。

その男性はかつて睦子が勤めていたデザイン事務所に仕事を発注していた広告代理店の担当者だったそうだ。

「当時は私も事務所の下っ端でね。向こうからすれば、いちデザイナーでしかないの」

睦子は美術系の短大を卒業後デザイン事務所に就職、アパレルのデザイン部を経て独立した。それからは、寝食も忘れるほどに精進したという。

「仕事も深夜まで及んだわ。母校で講師を頼まれたり、雑誌の挿絵なんかも描いていたし。それはそれは忙しかったのよ」

自分で率先してやっていたんだけどね、と笑う。

「ともかく当時は忙しくしていないと、不安だったのよ」

「まるでマグロですね」

そろりが入れた合いの手は、いつものようにどうやらピントがずれているのか、睦子がしばらく驚いたようにこちらを見る。

「マグロ？　お魚の？」

「ええ。マグロは動いていないと死んじゃうんですよ。ぼくも同じでしたよ」

「そろりさんが？」

「ぼくにもそんな働き方をしていた頃があったんですよ」

目を丸くする睦子に微笑む。

「で、その以前のお仕事相手の方がどうされたんですか？」

話の続きをそろりが促す。

「あ、そうだったわね。その人にね、『あのホテルで採用されているテキスタイルって、磯貝さんのお仕事ですよね』って聞かれたのよ」

そのホテルの話題はメディアにも多く取り上げられていたから、目にしていたようだ。

睦子が頷くと、続けてはははと笑いながらこんな言葉をかけてきたという。

「『磯貝さん、すごいじゃないですか』って言ったのよ。『すっごい』ってわざわざ大袈裟に強調してね。下っ端だった私がいつの間にかそれなりに活躍している。それを知ってそう言ったの。一見、何てことのない言葉でしょ。でも私なぜだかとても嫌な気分になったのよ。すごいね、って言えるってことは、私を下に見ているからこそ出た言葉なんじゃないかって。これまでの道のりも知らないくせに」

そこで睦子は息をついた。

「あの程度だと思っていたヤツがそこそこやりやがって……みたいな、ね」

睦子が悪戯《いたずら》っ子の顔になっておどけた。

「なるほど」


そろりはかつての自分を思い出していた。

時間があってもあっても足りない毎日だった。それでも依頼は絶え間なく続く。

「君ならできる」

上司の期待に応えようとがんばった。無理を重ね、だんだん思うようなパフォーマンスができなくなった。それでも「できる」と自分に言い聞かせた。

やがてミスが続くようになった。

「君らしくもない」

呆れているのか、鼓舞《こぶ》されているのか、それはまるで尻を叩かれ無理やり走らされている動物のようだった。

やがて叩かれた尻がもう動かなくなった。

「何のために生きているのだろうか」

そろりは声があげられなかった。


「だからね、私ハルキになろうって、思うの」

睦子の言葉にそろりは我に返る。

「ハルキ？」

驚いた様子で聞き返すそろりに、睦子は相好を崩す。

「村上春樹《むらかみはるき》さんのことよ、作家の」

デザイナーの睦子がベストセラー作家を目標にするのは、少し違和感があった。顔に表れていたのだろう。睦子が説明をしてくれた。

「だって誰も村上春樹さんに『すごいじゃないですか』って言わないでしょ。春樹さん、面白い小説もたくさん書いて、ジャズにもお詳しくて、マラソンもされるんですよね。すごいじゃないですか、って」

誰もが認める存在だ。積み重なった実績も周知の事実だ。確かに改めてそんなことを言ったらかえって失礼に当たるだろう。苦笑されるだけだ。

「だからそのくらいになってやろうって。有無を言わせぬ唯一の存在になろうってね。まあ、この年になって今更そんな決意をしても変わらないでしょうけれどね」

睦子は肩を竦めた。でも、いまの睦子は唯一無二のムッコイソガイだ。睦子なりのハルキに、既になっているのだ。それはおそらく本人もわかっているのだろう。

そろりは洗い物の手を止め、泡のついた手で、使いかけの食器用洗剤のボトルを握った。

「では睦子さんにはこちらを差しあげます」

睦子がくすくすと笑う。

「またあ。今度は何をいただけるのかしら」

そろりが洗剤のボトルをいったん置いて、両手をこする。手のまわりが泡でぷっくりと膨らんだ。

「こうやって泡だらけにしたら、あれにならないかなあって閃いたんです」

そろりはお客さんの悩みを軽くする手助けになるようなグッズをあれこれ考えては渡すのだが、なかなか受け取ってもらえないのが残念でならない。

「あれって何?」

今度こそ、と思ってそろりは力強く言う。

「ほら、羊男ですよ」

洗剤の泡で村上春樹さんの作品に登場するキャラクターを作れば、睦子も身近に「ハルキ」を感じられるだろうと思ったのだ。だのに当の睦子は大笑いするばかりで、ちっとも響いていないようだ。

そんな彼女の姿を眺めながらそろりは自分を省みる。果たして自分は「ハルキ」になれているだろうか。


当時、自分はたくさんの人に囲まれていた。慕ってくれる後輩や頼りにしてくれる上司にも恵まれていた。でもいつもひとりだと感じていた。多くの人の中で感じた孤独は、たったひとりでいる孤独とは全然違う。居場所がなく、自分が存在する意味が見出せない。寂しいというよりも、もっと切実に辛かった。

おひとりさま専用の「喫茶ドードー」は誰かの孤独を救っているだろうか。騒《ざわ》つく心を落ち着かせ、本来の自分に戻れる場所になっているだろうか。急な雨を束の間凌げる宿木になっているだろうか。のろまな鳥「ドードー」が幸せに暮らせる場所であり続けているだろうか。

そろりは額の中のドードーのイラストに視線を送った。

「この間ね、興味深いことを力説している人がいたのよ」

同じように額を眺めていた睦子が、テレビかネットかで目にした話題を教えてくれる。

もちろんその人の持論だという前提ではあるけれど、と続ける。

「いまはこの地球や人類が終わりに近づいている過程なんじゃないか、って」

「どういうことでしょう」

そろりが詳しく聞かせてもらおうと尋ねる。

四十六億年前に地球が誕生した。やがて生物が生まれ、二十万年前に人類が誕生した。その間、いくつもの生命が誕生しては滅びていく。ドードーもその過程で生まれ、そして絶滅していった。

「人類だって、いつか終わるときが来るはずでしょ。地球という星だって永遠じゃないはずよ」

「それは一理あるかもしれませんね」

睦子が聞き知った意見に、そろりも思い当たる節があった。

温暖化による異常気象、感染症、戦争。どれもさまざまな要因が重なって起きていることだろう。けれどもドードーが絶滅の一途を辿ったように、いまの我々も終焉《しゅうえん》への道程に存在しているのかもしれない。

「でもそう思うと少し気が楽になったりしてね。そっか。足掻いているよりは身を委ねたほうがいいかって妙に納得しちゃったのよね」

自分はともかく、これからの若者の意見を聞いてみたいけれど、と睦子は付け加えた。

終わりが見えていると言われたら、どうすればいいのだろうか。どうせ滅びてしまうのだから、と諦めてしまうのは勿体ないとそろりは思う。生きる意味が曖昧になる。

「そうなるといよいよ何のために生きているんだろうって疑問が湧いてきますよね」

最近よくお客さんに生きる意味を問われ、そろりはその度に頭を悩ます。

「そうよねえ。その答えは私もいまだに模索中よ」

七十歳になってもそれはわからないんだと穏やかに言った睦子が、そろりに尋ねる。

「じゃあ贅沢って何だと思う？」

たくさんのお金、みんなが憧れる仕事、おしゃれな服が並ぶクローゼット、どれも素敵だ。幸せなことだろう。でも、そろりの答えは違う。

「穏やかな時が過ごせること」

ただひたすらに暮れゆくのを待つ時間、夜空の星を眺めること、落ち葉の堆肥がゆっくりと熟成するのを待つこと、そしてあたたかな灯りの揺れに身を委ねている瞬間、そのひとつひとつがかけがえのない豊かさだとそろりは思う。

「北欧にはね、こんな言葉があるのよ」

テキスタイルの本場だけに、睦子は北欧に詳しい。

「ヒュッゲは有名よね」

家で心地よく過ごすことを意味するデンマーク語だ。

「フィーカは？」

確かお菓子の時間だったろうか。

「そうスウェーデン語でね。じゃあカハヴィタウコは？」

「なんだか人の名前みたいですね」

そろりは真面目に答えたのに、睦子がプッと吹き出す。

「こっちはフィンランド語よ」

フィンランドといえば、ムーミン。シンプルに生きるスナフキンはそろりも手本としている。

「どんな意味ですか？」

「直訳するとコーヒー休憩。フィンランドでは法律もあるのよ」

北欧諸国はエコへの関心も強い。販売や栽培に関する規約だろうかとそろりが頭を捻っていると、

「つまりコーヒーを『飲む権利』があるの。仕事中や会議中にもコーヒーを飲みましょうっていう意味なのよ」

「それが権利になるんですか」

驚くそろりに、睦子さんが大きく頷く。

「それだけ大事なのよ、お菓子を食べたりコーヒーを飲んだりしてゆったりする時間がね。だから私はそろりさんの穏やかな時が過ごせる、の頭にコーヒーやお菓子を食べながら、

と付けたいかしらね」

お茶目に睦子がウインクした。

「なるほどお菓子か」

甘いものは大好きだ。食べているときは心がとろけるようで幸せに感じる。そろりはシフォンケーキを焼いてみよう、と思い、レシピを探した。

＊

やはりこの強い風は春一番に違いなさそうです。木々を大きく揺らしながら吹き抜けていきます。芽を出す前の梢が嵐のようにザワザワと音を立てています。気まぐれな春風は、「喫茶ドードー」の窓ガラスも叩いていきます。

ガタガタ。ガタガタ。

驚いたそろりが、庭先に飛び出していきました。庭の真ん中で手を大きく広げ、空を見上げたまま、しばらくそこに佇んでいました。

卵黄と砂糖を混ぜ、サラダ油と水を加える。そこに小麦粉とベーキングパウダーをふるい入れる。卵白はツノが立つまでしっかり泡立ててメレンゲ状に。メレンゲが潰れないようにさっくりと混ぜ合わせたら、シフォン型に流し入れてオーブンに入れる。こんもりと膨らんだケーキをオーブンから取り出し、すかさず型を逆さにして冷ます。昼下がりのキッチンに焼きたてのケーキの香りが広がった。

＊

やがて夕方になりきる前の日差しが届く頃、

「そろそろかな」

そろりが呟いた。すると、その声が聞こえたかのように、睦子が、「いいかしら」と店に顔を出した。

「いいタイミングです」

そろりは用心深く型のまわりにナイフを差し入れ、ゆっくりと皿に返す。

「睦子さんに食べていただきたくて。開店前の時間ですけどお呼び立てしてしまいました」

「わざわざ連絡いただけるなんて、嬉しいわ」

「二年越しのお礼です」

ドードーの絵のことだ。

そろりが型から取り出したケーキをカウンターに置いた。

「ぼくなりに考えたんです」

「何を?」

「生きる意味、です」

そろりはもじゃもじゃの頭を軽く左右に振った。それからキッチンの引き出しから小旗を取り出した。

「あら、お子さまランチね」

爪楊枝《つまようじ》が支柱になった国旗の図柄をまだほのかにぬくもりの残るシフォンケーキに刺した。

国旗はうまい具合に立てられている。なのにそろりが、立てたすぐそばのところをスプーンで掬った。たちまちは旗は倒れる。

また別のところに旗を立てる。片側を今度はスプーンの背でギュッと押した。旗がバランスを崩した。

「地球はこういうスポンジみたいなものなんです。誰かがいなくなってしまっては足場が崩れる。自分の身近な人がいなくなったなら尚更です」

そろりは旗のすぐ脇の穴を指差す。

「他人とは関係ないと思っていても、誰かを傷つけているのね」

旗の脇の凹みを睦子が切なそうに見る。

「誰かのために生きるわけでは決してありません。でも生まれた以上は、命を全うするまでここに立ち続ける。それは生きていく者に与えられた使命ではないでしょうか」

そろりは立てた旗を外し、睦子に切り分けた一切れのシフォンケーキを差し出す。

「人生は自分のものだけではありません。こうして分け合えば、分かち合って生きていけばいいのです」

「本当ね。難しく考えることはないのね」

「ええ。だからこのケーキは〈意味のあるシフォンケーキ〉と名づけました」

生きている意味、存在している意味、人といる意味、全てに意味があるのだから。

睦子がケーキを口に運んでいると、店の窓ガラスがガタガタと音を立て始めた。

ちょっと様子を見てきます、とそろりが庭に飛び出す。

「春一番だ」

そろりのまわりを生ぬるい風がすり抜けていった。立春から春分までに、その年最初に吹く南寄りの強い風を「春一番」と呼ぶ。それを全身で受け止め、そろりはこの風を何かに利用できないだろうかと思った。

以前、見よう見真似で試作した風車は、実用には至らなかった。この風なら多少は回ってくれただろうか。

地球を救うことは容易ではない。もちろん人を救うことも、だ。でもできることをしたい。そろりは力強く頷き、店に戻った。

パントリーを漁って、いくつかの物を持ち出し、再び庭に立つ。

まず手にしたのは針金で作られたハンガーだ。同僚や知人にかけてしまった言葉を悔いていた女性に渡そうとしたものだ。これを円形に変形させた。

ハンガーのまわりにぐるぐると巻き付けたのは、知らない間に「とうめいマント」を被せられているかのように他人から相手にしてもらえない、と悩んでいた女性にマント替わりにどうかと思ったガーゼだ。

「これで道具は完成だ」

続いて、アルミのタライに水を張る。

父親を亡くして悲しみの中にいたのに、通り一遍の慰めの言葉をかけられ、落ち込んでいた女性に渡したかったことを思い出す。

そこに台所洗剤を溶かした。「ハルキ」になってやると決意表明した睦子へのエールにした泡洗剤だ。

最後に洗濯糊を加えて混ぜた。これは、つい急ぎ足で仕事をしてしまい、ミスをしてしまうことを情けなく感じていた女性へ渡そうとしたものだった。ひとつひとつを思い出しているうちに、準備万端整った。

そろりはガーゼを巻いたハンガーをタライに浸し、ゆっくり持ち上げる。それから手にしたハンガーを水を撒くときのように、空に向かって振った。

大きな水玉の泡がふわっと浮いて、春風に乗った。

「やった」

そろりはそれを何度も繰り返す。

途中で麦藁に息を吹き込んでみたりもする。星形の飾り「ヒンメリ」を作った残りの麦藁だ。細い穴を伝って、小さな球がいくつも浮かんだ。

そろりはハンガーを振ったり息を吹き込んだりするごとに、思い当たる言葉をひとつずつ呟いていった。

「傷ついた言葉たち、傷つけた言葉たち、みんな飛んでいけ」

＊

小さな会社とはいえ、事務全般を請け負っている部署にいると、年度末の忙しさは尋常ではない。自宅でやるよりも効率がいいのでは、と米沢夏帆は出社を試みた。久しぶりの通勤電車はコロナ禍以前ほどではないとはいえ、かなり混み合っていた。

地下鉄の改札を抜け、地上に出る。澄んだ真っ青な空が目に飛び込んできた。スマホをチェックするとメッセージが届いていた。

〈十四時から社長来賓があります〉

〈お茶は準備済みです〉

〈佐久間《さくま》さんより新人教育のカリキュラムの件で打ち合わせしたいとの旨伝言です〉

昨年から在籍している出向社員の榊はづきからだ。いまや夏帆のサポートを抜かりなくしてくれる頼もしい職場のパートナーだ。

彼女の在籍期間の延長も決まり、四月からはいよいよ新卒も採用される。配属先が決まるまでは、夏帆の部署が社会人教育を任される。慣れるまでは教育も大変だけれど、はづきがいれば大丈夫だろう。

〈もろもろ了解です〉

〈もうすぐ会社着きます〉

と返信した。

そのときだ。さぁーと強い風が吹き抜けていき、夏帆は思わず肩を竦めてチェスターコートの前を掻き合わせた。

「あれ？」

不思議に思ったのは風が冷たく感じなかったからだ。歩道の左右には葉を落とした枝が心許なく並んでいるが、春が近いのかもしれない。

襟に置いた手をおろすと、視界を何か透明のふわふわしたものがよぎっていく。それが胸元でパンと小さな音をたてて弾けた。と同時に微かな声が耳に入ってきた。

——お糊が剝がれちゃっているわね。

その声はそこにとどまることをせず、瞬く間に風とともに流れていった。

かつて、そうやって幼稚園教諭に窘められた。でももうこんな言葉で傷ついたりはしない。声の行く先を見送った。

夏帆はいったんバッグにしまったスマホを取り出して、メッセージアプリを開く。

〈いつもありがとう。すごく助かってる〉

はづき宛に再びメッセージを送信した。

＊

「あと何軒でしたっけ」

フォトグラファーの武下美佐《たけしたみさ》が肩からずり落ちそうになったカメラバッグを掛け直しな

がら三嶋和希に尋ねる。

「二軒ですよ。もう一息です」

和希は向き合って握り拳を作り、「私にも三脚持たせてください」と、両手を差し伸べた。

「ライターさんに持たせるなんて、うー、ごめん。助かるー」

美佐が腕の長さほどの細長いバックを和希に渡す。

「自分の商売道具をまともに持ち歩けないようじゃあ、フォトグラファーなんてやるなって師匠には厳しく言われていたんですけどね」

肩を竦める美佐を和希は励ます。

「師匠、いま見ていませんから。ただし、大切なカメラだけは美佐さんが持ってくださいね」

「もちろんです」

肩のバッグを美佐が愛おしそうにさすった。

美佐は食べ物の写真を美味しそうに撮るのに定評がある。シズル感いっぱいのギラギラした写真ではなく、もっと素朴で家庭の食卓の温かみを表現してくれる。「女性がひとりでも安心して入れる店」、という今回のテーマに彼女の写真はぴったりだ。

紙面とウェブアプリのハイブリッドで飲食店の紹介記事を展開する企画が昨年の秋からはじまった。毎回テーマを変えてひと月に一度の頻度で更新していく。なかなか人気のコンテンツに成長した。

この企画の責任者として和希は携わっている。他のライターに発注することもあるが、自身で足を運んで取材をし、執筆することも多い。自分がいいと思ったものが、共感を呼ぶと、認められているようで嬉しい。

丁寧に、真摯《しんし》に。それを常に心がけている。

前に訪れた「おひとりさま専用カフェ」もいつか取材したい。けれど、まだ自分だけの秘密の場所にしておきたい。などと言ってはライター失格だろうか。

そんなことを考えていると、サァーと水が流れるような音がした。同時に強い風が吹いて、和希のスカートをはためかせた。

「わっ」と言ってカメラバッグを胸に抱えた美佐が、空を見上げた。

「もうすぐ春なんですね」

つられて和希も仰ぐ。父が旅立ってから間もなく九ヶ月だ。夏が終わり、冬が訪れ、そしてもうすぐ春が来る。季節が進み、ゆっくりと、本当にゆっくりだけれど日にち薬の効果が出てきている。

ただ、それは春風が吹いても翌日はまた北風に戻るように、癒えた悲しみは簡単にぶり返す。それでも少しずつその頻度が少なくなっていくのは、一日一日春に向かっていくのと同じだ。

「あれ？」

目の前をふわーっと風船のようなものが飛んできたかと思うと、和希の顔の前で静かに破裂した。何か聞こえる。耳を澄ます。

――お気持ちわかります。

以前かけられた言葉だ。善意のつもりだったろうが、和希は、やりきれない気持ちになった。それは和希を傷つけた言葉だ。しかしあとは風の音だけが聞こえていた。

「どうされました？」

空を見上げていた美佐には、透明の風船が見えていなかったようだ。和希はかぶりを振る。

「さ、行きましょうか。次のお店、フィナンシェに力を入れているらしいですよ。経費で落とせますから、焼き上がっていたら買っちゃいましょうね」

「やったー。がんばれそう」

和希はあのとき森のカフェで話題になっていた「寄り添う」の意味に思いを馳せる。

それが出来る人間にいつかなりたい。自分も近しい人が同じような立場になったときには、気遣いのできる人間になりたい、と思った。

全てが経験になる。それを父が教えてくれた気がし、もう一度だけ顔を空に向けた。

＊

水彩色鉛筆というものがある。見かけはごく普通の色鉛筆だけれど、描いたあとに水を含ませた筆や布でなぞるとそこに水彩画のように滲みを作ることが出来る。絵の具のように多くの道具や場所も取らず、手軽で思うような仕上がりが期待できるので、徳永夕葉も美大時代から愛用してきた画材だ。

そのクレヨンバージョンが水彩クレヨン。色鉛筆よりも線にニュアンスが出来、手描きのやわらかさが際立って味わいが出る。太くて自由が利かない中で、どれだけ緻密な表現ができるか、その挑戦も面白くて最近はこの画材に夢中だ。

下絵が概ね完成したところで、リビングに置きっぱなしだったスマホをチェックする。

〈札幌の文具店にもあったぞ〉

売り場の写真とともに、北海道に出張中の夫の大志からメッセージが届いていた。

相変わらず出張の多い大志だけれども、夕葉の活躍を我が事のように喜んで応援してくれる。ずっと一緒にいるばかりが夫婦の幸せではない、夕葉はそう信じている。

イラストレーターの作品を使って一筆箋や付箋を商品化している文具メーカーから夕葉にオファーが来たのは、勤めていた雑貨やコスメを扱う会社を退職してまもなくのことだ。コスメのパッケージに使用していた絵を使ってステーショナリーを作りたい、との依頼が来た。あとで知ったことだが、当時の会社の社長の水上が売り込んでくれていたらしい。画像の使用許可だけで、夕葉の新たな作業を経ることなく商品になり、今月のはじめから全国の雑貨店や文具店でも販売されるようになった。

自らが描いた絵のついた一筆箋で、見ず知らずの人が手紙を書いたり、メモを残したりするのだ、と思うだけでワクワクする。

「次のシリーズではぜひ新作を」と文具メーカーの担当者から嬉しい報せをもらい、取り組んでいる最中だ。

ガタガタと窓を揺らす音に作業の手を止め顔を上げると、ベランダの洗濯物が大きく風に揺られていた。天気がよかったので洗ったシーツが、洗濯紐に絡みついていた。

夕葉は立ち上がって、ベランダに出ようと窓を開けた。途端に大きな風が部屋に入り込んできて、慌てて机の上の描きかけの絵を押さえた。目の前を洗濯の泡のようなものがふわふわ漂ってきたのはその時だ。

「何？」

夕葉が目を近づけると、画材道具の上でパンと割れた。

――孫だと思ってくれていいからね。

幼馴染の梓の声が聞こえた。不思議に思っていると、また一つ小さな泡が飛んでくる。

――気になっているんだよね。

行動に移す気もないのにかけられた便利な言葉だ。

あのあと夕葉は梓に会って、相談を受けた。夫の晃一が子どもの教育に熱心すぎて、子育ての方針で意見が合わないのだと悩んでいた。まだ言葉も話せない赤ちゃんに、塾に通わせるなどと意気込んでいたそうだ。

それでもママ友ができたり、区が主催している母親教室に通ううち、梓にも自信がついた。ゆったりと育てたい、という梓の意見が晃一にも理解してもらえるようになってきたという。

当事者でなければ、心の奥まではわからない。けれども、頭ごなしに「わからない」と突き放すのではなく、わかろうとする努力は大切だ。梓の孤独を知り、悩みの質に違いないのだ、と悟った。

――私の替えなんていくらでもいる。

続いて聞こえたのは、夕葉自身の心の声だ。

やがてそれらは、ふっと消えた。泡が水飛沫になっていないかと心配して作品や道具に目を落とすが、特に変化はない。

　自分にしか描けない絵、自分たちが納得できる生き方、突き詰めるのは容易ではない。それでも歩みづつけることに意味はあるはずだ。

　夕葉は洗濯紐に絡んだシーツを整え、窓を閉めた。絵の続きに取り掛かった。

＊

　厨房内に甘い香りが漂っている。

「ご注文のグラス、お持ちしました」

　鈴元朱莉は両手に紙袋を提げたまま、頭を左右に振って顔にかかった黒髪を振り払う。声をかけると、奥からコック帽を被った女性が手を拭きながら顔を出した。

「わざわざ持ってきていただいてすみません」

　メールでのやり取りで河野《こうの》新《あらた》という名前から、てっきり男性だと思い込んでいたので、小柄で若い女性のオーナーに驚く。開店は今週末だと聞いている。最終の準備におおわらわといった様子だ。

「いえいえ。倉庫から出すと中二日かかってしまうので、お持ちしたほうが早いかなと思いまして」

大量注文なら倉庫に頼まざるを得ない。でも小ロットで、場所も近かったので、それならば、と朱莉は足を運んだ。こうしてフットワーク軽く取引できるのも、小規模な我が社の利点だと考える。

「よかった。開店に間に合わなかったらどうしよう、って頭抱えていたんです」

開店に際し、揃えるものは多い。ついうっかりアイスドリンク用のグラスを発注し忘れていて、慌てて朱莉の会社に新から問い合わせが来た。サイトに明記してあった「お急ぎでも小ロットでも」という文句にヒットしたようだ。

「ずっと寒かったでしょ。だからホットドリンクのことばかり頭にあって。そしたら今朝のニュースが、今日は春一番が吹くかも、なんて伝えていてあわわわーって」

目をぱちくりさせながら話す新の姿に親しみがわく。

「このあと取材をしていただけることになっているので、これでドリンクの写真も撮ってもらえます」

「開店前から取材の依頼があるなんて幸先いいですね」

と朱莉が笑顔で伝えると、

「お力いただけたので、がんばります」

新がグラスの入った紙袋を掲げた。早く準備をしたいはずだ。長居は迷惑だろうと帰ろうとすると、朱莉を新が呼び止めた。しばらく待っていると、小さな白い紙袋を手渡された。

「これ、少しですが。お仕事の息抜きにでも召し上がってください」

焼きたてのバターが香るフィナンシェがいくつか入っていた。

「ご馳走さまです」

どこかのカフェでコーヒーをテイクアウトしようか、と一瞬考えたが、豆を買って自分で淹《い》れるのもいいな、と思い直す。取引先から試しに仕入れたドリップセットが、自宅のキッチン奥に眠ったままだ。カフェでオーダーが通らないことでイラつくよりも、きっと美味しく飲めるはずだ。

「お体だけは大事に、がんばってください」

朱莉はいつものように言葉を贈る。上司に教わった成功へのおまじないに近いエールだ。

「ありがとうございます」

新は丁寧に頭を下げた。

続けて「あの……」と言いづらそうに言葉を濁す。

何か不手際があったのかと朱莉が体を硬くする。

「お仕事と関係ないことで恐縮なんですが」

と前置きしてから、新ははにかんだ笑顔で言った。

「そのワンピース、すごく可愛いですね。私、こういう個性的な雰囲気のお洋服大好きなんです。とってもよくお似合いだなあって、実はさっきからちらちら見ていたんです」

朱莉は顔が火照《ほて》るのを感じた。

店のドアを開けたら、ヒューと強い風が吹いた。これがさっき新が言っていた春一番だろうか。店に戻って新に報告したかったけれど、準備の邪魔をしても申し訳ない。

全身に風を浴びていると、突然顔の前に透明なビーチボールのようなものが浮かんできて、パッと爆《は》ぜた。

——それ、ちょっとどうにかしたら？

以前、メイクレッスンに行った際に、講師の美容家からかけられた言葉が聞こえてきた。何が起こったのかとキョロキョロと顔を動かすが、強い風が吹いているだけだ。ただ、ほんのわずかに森の香りが残されていた。

一本線で表現される一重瞼も、頰の小さな痣も、気さくに声をかけられる人のよさも自らの大事なアイデンティティーだ。これは自分の弱さではなく、強みなのだと前を向く。

麻素材のワンピースの裾がフワッと広がった。風を含んだ服は、朱莉の足取りを軽くした。

＊

そろりはガーゼを巻いたハンガーを何度もタライの糊入りの洗剤水に浸しては、泡を飛ばしていきます。それは次々とぽっかりと浮き、すぐに風に乗ってどこか遠くへ飛んでいくのです。

「そうだ」

キッチンに戻ってくると、引き出しを開けて、封筒の束を取り出しました。そろりが自分の想いを書き綴って封じ込めた自分宛の手紙です。

再び庭の真ん中に立つと、ひとつずつ開封していきます。すると春風に乗って、封筒の中から言葉が飛び出していくのです。

――君ならできる。

――君らしくもない。

言葉は風に乗ったかと思うと、瞬く間に消えていきました。

「傷ついた言葉たち、傷つけた言葉たち、みんな飛んでいけ」

そろりは何度も何度も繰り返しているのです。

「飛んで消えていけ」

＊

そろりが庭で大きく手を動かしているのを見て、睦子も庭に出る。睦子に気づくと、そろりは水を含んだハンガーを振り上げた。すると睦子の前に透明な大きな泡がゆらゆらと流れてきて、パチンと音をたてて弾けた。

――すごいじゃないですか。

睦子が駅で会った、かつての取引先の担当者にかけられた言葉だ。見下されている気がし、それが今後も第一線で活躍したい、という睦子の野望に繋がった。その声が弾けた泡の中から聞こえた。

「まあ」

目を丸くする。

「シャボン玉ね」

睦子は手のひらで摑むと、パチンと消える泡を追った。

「いいえ、コトダマです。言葉の魂です」

そろりが得意気に笑った。

※執筆にあたり、『日常生活に埋め込まれたマイクロアグレッション』(デラルド・ウィン・スー・著　マイクロアグレッション研究会・訳　明石書店)、『マイクロアグレッションを吹っ飛ばせ』(渡辺雅之・著　高文研)、『美しさという神話』(リタ・フリードマン・著　常田景子・訳　新宿書房)、『BLUE EARTH COLLEGE』(東京都市大学環境学部・編　東急エージェンシー)、サイト『クローズアップ現代全記録』を参考にさせていただきました。

◆この作品はフィクションです。実在の人物、団体等には一切関係ありません。

◆本書は双葉文庫のために書き下ろされました。

双葉文庫

し-45-02

こんな日《ひ》は喫茶《きつさ》ドードーで雨宿《あまやど》り。

2023年3月18日　第1刷発行

【著者】
標野凪《しめのなぎ》

【発行者】
箕浦克史
【発行所】
株式会社双葉社
〒162-8540 東京都新宿区東五軒町3番28号
［電話］03-5261-4818（営業部）　03-5261-4833（編集部）
www.futabasha.co.jp（双葉社の書籍・コミックが買えます）
【印刷所】
中央精版印刷株式会社
【製本所】
中央精版印刷株式会社

【フォーマット・デザイン】
日下潤一

ISBN978-4-575-52651-6 C0193
Printed in Japan